शेर-ओ-शायरी
ज़फ़र

बहादुर शाह ज़फ़र

Neelkanth
Prakashan

प्रकाशक : नीलकंठ प्रकाशन
पता : 4760-61, 23, अंसारी रोड
दरियागंज, नई दिल्ली -110002
फ़ोन: 9810675061
व्हाट्सएप नंबर: +91 9810675061

ईमेल: neelkanthprakashan47@gmail.com

शेर-ओ-शायरी :ज़फ़र

बहादुर शाह ज़फ़र

ISBN: 978-93-6144-906-2

संस्करण:2025

बहादुर शाह ज़फ़र

परिचय

बहादुर शाह ज़फ़र मुग़ल साम्राज्य के अंतिम सम्राट थे। वे न केवल एक शासक थे, बल्कि एक संवेदनशील शायर, सूफ़ी विचारधारा से प्रभावित विचारक और सांस्कृतिक धरोहर के प्रतीक भी थे। जब 1857 का स्वतंत्रता संग्राम हुआ, तब वे दिल्ली के सम्राट थे, और इसी संग्राम ने उन्हें ब्रिटिश सत्ता का प्रमुख विरोधी बना दिया। अंततः 1857 की क्रांति असफल हुई, और इसके साथ ही भारत में मुग़ल शासन का भी अंत हो गया।

प्रारंभिक जीवन

बहादुर शाह ज़फ़र का जन्म 24 अक्तूबर 1775 को दिल्ली में हुआ था। वे मुग़ल सम्राट अकबर शाह द्वितीय के पुत्र थे। उनका पूरा नाम अबु ज़फ़र सिराजुद्दीन मोहम्मद बहादुर शाह था। मुग़ल साम्राज्य उस समय तक बहुत सीमित हो चुका था और दिल्ली तथा आसपास के कुछ क्षेत्रों तक ही सीमित रह गया था।

अकबर शाह द्वितीय के अन्य पुत्रों की अपेक्षा बहादुर शाह ज़फ़र शांत, आध्यात्मिक और साहित्यिक स्वभाव के थे। इसी कारण वे युवराज के रूप में सीधे नामित नहीं किए गए थे, लेकिन अंग्रेजों की अनुमति से 1837 में 62 वर्ष की उम्र में वे ताज पहनने में सफल हुए।

सम्राट के रूप में शासन

बहादुर शाह ज़फ़र का शासन काल राजनीतिक रूप से शक्तिहीन था। उनका प्रभाव केवल लाल किले तक सीमित था, और वास्तविक सत्ता अंग्रेजों के हाथों में थी। वे एक नाममात्र के सम्राट थे, जिनकी भूमिका केवल प्रतीकात्मक रह गई थी। हालांकि, वे एक न्यायप्रिय और धर्मनिरपेक्ष राजा के रूप में माने जाते थे। उनके दरबार में हिन्दू-मुस्लिम दोनों को समान सम्मान मिलता था।

दिल्ली उस समय साहित्य और कला का केन्द्र बन चुका था, और बहादुर शाह ज़फ़र स्वयं भी एक प्रतिष्ठित शायर थे। उनके दरबार में मिर्ज़ा ग़ालिब, ज़ौक़, मोमिन जैसे महान शायर उपस्थित रहते थे।

1857 की क्रांति और भूमिका

1857 की पहली स्वतंत्रता संग्राम (जिसे सिपाही विद्रोह भी कहा जाता है) में बहादुर शाह ज़फ़र को भारतीयों ने अंग्रेजों के ख़िलाफ़ संघर्ष का प्रतीक बना दिया। बाग़ी सिपाहियों ने उन्हें भारत का सम्राट घोषित कर दिया और दिल्ली में क्रांति की घोषणा की।

हालाँकि ज़फ़र स्वयं क्रांति के लिए तैयार नहीं थे और न ही उनके पास सैन्य शक्ति थी, फिर भी परिस्थितियों के दबाव में उन्होंने नेतृत्व स्वीकार किया। क्रांतिकारी सेनाएँ दिल्ली पहुँचीं और उन्होंने अंग्रेजों से कुछ समय के लिए दिल्ली का नियंत्रण छीन लिया।

परंतु अंग्रेजों ने जल्दी ही जवाबी हमला किया और सितंबर 1857 में दिल्ली को फिर से जीत लिया। बहादुर शाह ज़फ़र को गिरफ्तार कर लिया गया और उनके दो पुत्रों और एक पोते को बेरहमी से मार दिया गया।

गिरफ़्तारी और निर्वासन

बहादुर शाह ज़फ़र पर अंग्रेजों ने राजद्रोह का मुकदमा चलाया। उन्हें दोषी ठहराकर 1858 में रंगून (अब यांगून, म्यांमार) निर्वासित कर दिया गया। यह एक अपमानजनक अंत था उस शख्स के लिए, जो एक गौरवशाली वंश का अंतिम प्रतीक था।

रंगून में उन्होंने जीवन के अंतिम दिन अत्यंत कठिनाई में बिताए। उन्हें न सम्मान मिला, न सुविधाएँ। वहाँ उन्होंने अपनी भावनाओं को कविता के माध्यम से व्यक्त किया:

"कितना है बदनसीब 'ज़फ़र' दफ़्न के लिए,
दो गज़ ज़मीन भी न मिली कू-ए-यार में।"

शायरी और साहित्यिक योगदान

बहादुर शाह ज़फ़र एक उच्च कोटि के शायर थे। उनका काव्य सौंदर्य, पीड़ा, प्रेम, भक्ति और देशप्रेम से ओतप्रोत था। उन्होंने उर्दू और फ़ारसी में ग़ज़लें लिखीं जो आज भी प्रसिद्ध हैं।

उनकी शायरी में एक राजा की व्यथा, एक वृद्ध की विवशता और एक भक्त की आस्था झलकती है। उनका साहित्य एक ऐसे युग का दस्तावेज़ है, जो समाप्त हो चुका था, लेकिन उसकी संस्कृति जीवित थी।

निधन और स्मृति

बहादुर शाह ज़फ़र का निधन 7 नवंबर 1862 को रंगून में हुआ। उन्हें वहीं दफनाया गया, और वर्षों तक उनकी कब्र तक का पता नहीं था। बाद में वहाँ एक मकबरा बनाया गया, जो आज उनकी स्मृति का स्थल है।

निष्कर्ष

बहादुर शाह ज़फ़र केवल एक शासक नहीं थे, बल्कि एक संवेदनशील कवि, संस्कृति के संरक्षक और स्वतंत्रता संग्राम के पहले प्रतीक बन गए। उनका जीवन एक युग का अंत था—मुग़ल साम्राज्य का, दरबारी संस्कृति का, और भारतीय इतिहास की एक महत्वपूर्ण धारा का। वे अपनी शायरी और अपने बलिदान के माध्यम से आज भी इतिहास के पन्नों में अमर हैं।

1

अगर ग़फ़लत[1] का परदा हम उठाते अपनी आँखों से
तो जो वां देखते, यां देख जाते अपनी आँखों से

बला से आप ही पैग़म्बर[2] हम अपने हो जाते
कि जाते वां और उसको देख आते अपनी आँखों से

मिलायेंगे नज़र किससे कि वो बेदीद हैं ऐसे
नहीं आईने में आँखें मिलाते अपनी आँखों से

जो वो आँखों में आया, कौन उसको देख सकता था
क़सम आँखों की, हम उसको छुपाते अपनी आँखों से

'ज़फ़र' गिरिया[3] हमारा कुछ-न-कुछ तासीर[4] रखता है
उन्हें हम देखते हैं मुस्कराते अपनी आँखों से

---

1. भ्रम 2. ईश्वरीय प्रतिनिधि 3. आँसू 4. प्रभाव।

2

अबरू[1] के तेरे बात ज़रा चल के थम गयी
तलवार आज होशरुबा[2] चल के थम गयी

बहरे-जहां[3] में कुछ न चली कश्ती-ए-हुबाब[4]
थोड़ी-सी दूर यह तो दिला[5] चल के थम गयी

तू क्या चलेगी ख़ाक कि आँधी थी मेरे साथ
दश्ते-ज़ुनूं[6] में बादे-सबा[7] चल के थम गयी

है कुछ सबब कि अब तलक आयी नहीं अज़ल[8]
या तो अभी चली नहीं, या चल के थम गयी

तन से निकल चली थी मेरी जाने-नातवां[9]
पर वो असा[10]-ए-आहे-रसा[11] चल के थम गयी

उड़कर पहुँचती कूचे[12] में उसके हमारी ख़ाक
पर क्या करें 'ज़फ़र' कि हवा चल के थम गयी

---

1. भौहें 2. सुध-बुध खोने वाली 3. संसार-रूपी सागर 4. बुलबुलों की नाव 5. ऐ दिल 6. उन्माद का जंगल 7. सुबह की हवा 8. मृत्यु 9. शिथिल प्राण 10. बिना डण्डे के 11. प्रभावशाली आह 12. गली।

3

आज वस्ले-यार की तद्बीर हमने की तो है
हो न हो, पर कोशिशे-तक़्दीर हमने की तो है

जो डरे है, काग़ज़े-क़ासिद न जल जाये कहीं
सोज़िशे-दिल[1] ख़त में कुछ तहरीर हमने की तो है

देखिये, देते हैं इस पर आप हमको क्या सज़ा
दे दिया दिल तुमको, ये तक़्सीर[2] हमने की तो है

---

1. दिल की जलन 2. अपराध 3. पा गलपन 4. टेढ़े-मेढ़े बाल 5. दिल की तसल्ली के लिए 6. कुद्ध 7. प्रि यतम 8. झुकाना 9. तलवार के नीचे।

ज़ोर पर आया है जब सौदए[3]-ज़ुल्फ़े-पुरशिकन[4]
टुकड़े-टुकड़े तोड़कर ज़ंजीर हमने की तो है

खींचकर क़ल्बे-तसव्वुर से पये-तस्कीने-दिल[5]
यार की तैयार इक तस्वीर हमने की तो है

हमसे तू किस वास्ते ख़मरू[6] है ऐ अबरू-ए-यार[7]
अपनी गरदन ख़म[8] तहे-शमशीर[9] हमने की तो है

गर न हो उस शोख़ संग-ए-दिल[10] के दिल पे कुछ असर
पर 'ज़फ़र' इक आहे-बे-तासीर[12] हमने की तो है

---

10. पत्थर-दिल 11. अप्रभावी आहें।

4

आश्ना[1] हो, तो आश्ना समझे
हो जो नाआश्ना, तो क्या समझे

हम इसी को भला समझते हैं
आपको जो कोई बुरा समझे

वस्ल[2] है तू जो समझे उससे वस्ल
तू ज़ुदा[3] है, अगर ज़ुदा समझे

जो ज़हूर देवे अपने हाथ से तू
तेरा बीमारे-ग़म दवा समझे

हो वो बेगाना[4] एक आलम[5] से
जिसको अपना वो दिलरुबा[6] समझे

ऐ 'ज़फ़र' वो कभी न हो गुमराह[7]
जो मुहब्बत को रहनुमा[8] समझे

---

1. मित्र 2. मिलन 3. अलग 4. पराया 5. संसार 6. प्रियतमा 7. लिअमित 8. पथ-प्रदर्शक।

5

इतना न अपने जामे[1] से बाहर निकल के चल
दुनिया है चल-चलाओ की रस्ता संभल के चल

कमज़र्फ़[2] पुर-गुरूर[3] ज़रा अपना ज़र्फ़[4] देख
मानिन्दे-ज़ोशे-ख़ुम[5] न ज़यादा उबल के चल

फ़ुर्सत है इक सदा की यहाँ सोज़े-दिल[6] के साथ
इस पर सपन्दवार[7] ना इतना उछल के चल

औरों के बल पे बल न कर, इतना न चल निकल
बल है तो बल के बल पे तू कुछ अपने बल पे चल

---

1. अपने आपे से 2. अयोग्य 3. घमण्डी 4. योग्यता 5. मटके का उबाल 6. हृदय की जलन 7. घोड़े की तरह 8. मशीन।

इन्सां को कल[8] का पुतला बनाया है उसने आप
और आप ही वो कहता है पुतले को कल के चल

फिर आँखें भी तो दी हैं कि रख देखकर क़दम
कहता है कौन तुझको न चल, चल, संभल के चल\

बुलबुल के होश निकहते-गुल[9] की तरह उड़ा
गुलशन में मेरे साथ ज़ारा इत्र मल के चल

---

9. पुष्प की गन्ध।

6

इश्क़ के बन्दे हैं हम, मौला[1] हमारा इश्क़ है
जानो-ईमां[2] इश्क़ है, आशिक़ का प्यारा इश्क़ है

इश्क़ के रस्ते पे आशिक़ हों न मोहताज़े-असा[3]
उनका रहबर[4] इश्क़ है, और उनका सहारा इश्क़ है

जाय-मू[5] निकले है तन से, इक सदा-ए-दर्दनाक़[6]
बन गया हर इस्तख़्वां,[7] बेजिस्म सारा इश्क़ है

सुन के मजनूं की कहानी, नींद आती है मुझे
गोर[8] मेरी इश्क़ है, मेरा गहवारा[9] इश्क़ है

दिल के कानों से सुनो, फ़र्यादो-दिलसोज़ी[10] मेरी
छिप के इस पर्दे में, ये किसने पुकारा इश्क़ है

सर्द-मेहरी[11] पर 'ज़फ़र' तुम इश्क़ की मत जाइयो
रखता इस सर्दी में आतिश[12] का शरारा[13] इश्क़ है

---

1. मालिक 2. धर्म 3. डण्डे का ज़रूरतमन्द 4. पथ-प्रदर्शक 5. बालों की जगह 6. दुखी स्वर 7. हड्डी 8. क़ब्र 9. झूला 10. शिकायत और ख़ुशी 11. बेदिली 12. आग 13. चिनगारी।

7

इश्क़ में क्या हम भी ऐ तक़्दीर सीधे हो गये
कितने इस क़ालिब[1] में टेढ़े तीर सीधे हो गये

आतिशे-सौदा[2] ने मेरे कर दिया आहन[3] को मोम
खुल के मेरे हल्क़ए-ज़ंजीर[4] सीधे हो गये

तू हुआ हमसे न सीधा और दस्ते-शाना[5] से
बाल बल खाये तेरे तस्वीर[6] सीधे हो गये

चर्ख़[7] टेढ़ा हो रहा और सैकड़ों बांके जवान
टेढ़े होकर ज़ेरे-चर्ख़े-पीर[8] सीधे हो गये

रास्तीं[9] पर किसकी क़ामत[10] की हुआ जो बादे-मर्ग[11]
दस्ते-पाए-आशिक़े-दिलगीर[12] सीधे हो गये

मेरी सीधी बात पर होते हैं टेढ़े ऐ 'ज़फ़र'
जब कि टेढ़ी मैंने की तक़रीर[13] सीधे हो गये

---

1. शरीर 2. पागलपन की आग 3. लोहा 4. ज़ंजीर का घेरा 5. कन्या 6. सुन्दरी 7. आकाश 8. बूढ़े आकाश के नीचे 9. सचाई 10. शरीर 11. मरने के बाद 12. दिलजले आशिक़ के हाथ-पाँव 13. भाषण।

8

इश्क़ में ज़ालिम, तेरे क्या ख़ाक हम अच्छे रहे
बरसों ईजा[1] में रहे, गर एक दम अच्छे रहे

गर दिलो-दीं[2] दे के अपना हम तुम्हें काफ़िर[3] हुए
तुमको क्या नुक्सां हुआ, तुम तो सनम अच्छे रहे

हमने इस हस्ती में रहकर ये उठाये रंज-ग़म
जो रवाना हो गये मुल्क़े-अदम[4] अच्छे रहे

इश्क़ का आज़ार सेहत[5] से है बेहतर ऐ तबीब[6]
जो रहे उस शोख़ के बीमारे-ग़म अच्छे रहे

---

1. कष्ट 2. दिल और धर्म 3. शत्रु 4. परलोक 5. स्वास्थ्य 6. चिकित्सक 7. सन्तोष 8. सुबह की हवा।

वो रहें खुलकर परीशां उनको दिलजमई[7] रही
गुल से ग़ुंचां वा नसीमे-सुब्ह-दम[8] अच्छे रहे

ख़ाक आख़िर होंगे सब पर पहले ही जो ख़ाकसार
हो गये उस यार के ख़ाके-क़दम अच्छे रहे

हर किसी से राज़े-दिल[9] कह बैठना अच्छा नहीं
ऐ 'ज़फ़र' दुनिया में हैं अब लोग कम अच्छे रहे

---

9. मन का भेद।

9

उसकी आदत का और है नक़्शा
उसकी कुदरत का और है नक़्शा

शामे-ग़ुरबत[1] का और है नक़्शा
सुब्हे-इशरत[2] का और है नक़्शा

अब नक़ाहत[3] का और है नक़्शा
अपनी ताक़त का और है नक़्शा

मेरी सोहबत ख़ुश-आये[4] क्योंकर उन्हें
उनकी सोहबत का और है नक़्शा

जाए-तद्बीर से तपे-ग़म क्या
इस हरारत[5] का और है नक़्शा

है क़यामत से उसको क्या निस्बत[6]
तेरी क़ामत[7] का और है नक़्शा

---

1. दुःख-भरी शाम 2. आनन्दकारी 3. नख़रे 4. अच्छा लगना 5. गरमी 6. सम्बन्ध 7. जिस्म शरीर।

जाने क्या बुलहवस[8] हक़ीक़ते-इश्क़[9]
इस हक़ीक़त का और है नक़्शा

जब से देखा है तुझको आईना रू
अपनी हैरत का और है नक़्शा

8. विलासी 9. प्रेम की वास्तविकता।

10

उस दर पे जो सर मार के रोता कोई होता
तो बिस्तरे-राहत[1] पे न सोता कोई होता

किसका फ़लक-ए-अव्वलो-हफ्तम कि मेरा अश्क
एक आँख झपकने में डुबोता कोई होता

ये दिल ही था नादां कि तेरी ज़ुल्फ़ से उलझा
यूं अपने लिए ख़ार[2] न बोता कोई होता

बुलबुल भी थी जांबाज़ ता, परवाना भी जांबाज़[3]
पर मेरी तरह जान न खोता कोई होता

तनहाई[4] में इतना तो न घबराता 'ज़फ़र' मैं
दिल गरचे मेरे पास न होता कोई होता

---

1. चैन के बिस्तर पर 2. कांटे 3. जान देने वाले 4. एकान्त।

11

उस निगाहे-मस्त के मस्तों की मस्ती और है
और मै है, और उनकी मैपरस्ती[1] और है

अब्र[2] मिज़गां[3] से बंधे, जिस तरह अश्कों की झड़ी
इस तरह से कब घटा कोई बरसती और है

नीम-ग़म्ज़ा[4] पर तेरे, हम बेचते हैं अपना दिल
इससे भी कोई ज़ियादा चीज़[5] सस्ती और है

ग़ुंचा[6] की मुट्ठी में ज़र[7] है, पर नहीं दस्ते-करम[8]
तंगिए-दिल और है, और तंगदस्ती[9] और है

---

1. शराब के आदी 2. बादल 3. पलकें 4. थोड़े से नख़रे 5. चीज़ 6. कली 7. धन 8. उदारता 9. ग़रीबी 10. धूल का ग़ुबार 11. नीचता 12. क्षण-भर की ज़िन्दगी 13. चिनगारी।

जो बुलन्दी चाहता है अपनी मिस्ले-ग़र्द-बाद[10]
चर्ख़ की गर्दिश दिखाती उसको पस्ती[11] और है

इसलिए एकदाम[12] अपनी पर, जो हँसते हैं शरर[13]
तेरी इस ग़फ़लत पे हँसती तेरी हस्ती और है

ऐ 'ज़फ़र' बसते हैं दिल में रंजो-ग़म दर्दो-अलम
अब तो कुछ इस ख़ान-ए-वीरां[14] में बस्ती और है

---

14. सुनसान मकान।

12

उस बुत की अदावत[1] से, दिला[2] कुछ नहीं होता
जब तक कि न हो हुक्मे-ख़ुदा, कुछ नहीं होता

कहने से बुरा मेरे, बुरा कुछ नहीं होता
जो कहते हैं, उनका भी भला कुछ नहीं होता

ऐ दिल हज़र[3] इस इश्क़ से बेहतर है कि इसमें
हासिल[4] ग़मो-हसरत के सिवा कुछ नहीं होता

गो आये इरादा पे मेरे क़त्ल के क़ातिल
आती नहीं जब तक कि क़ज़ा[5] कुछ नहीं होता

करता हूँ मैं लाख आहो-फ़ुग़ां, पर असर उसको
क्या जाने कि होता भी है, या कुछ नहीं होता

जो शग़ल[6] में आईने के मशग़ूल[7] हो सूफ़ी[8]
पर दिल न हो जब तक कि सफ़ा, कुछ नहीं होता

---

1. दुश्मनी 2. ऐ दिल 3. परहेज़ 4. प्राप्त 5. मौत 6. काम 7. व्यस्त 8. अध्यात्मवादी।

ज़ुल्मो-सितम ओ ज़ोरो-'ज़फ़र' हाथ से उसके
उश्शाक़-वफ़ा-पेशा[9] पे क्या कुछ नहीं होता

---

9. सच्चे प्रेमी।

13

ऐश से गुज़री कि ग़म के साथ अच्छी निभ गयी
निभ गयी, जो उस सनम के साथ अच्छी निभ गयी

दोस्ती उस दुश्मने-जां ने निबाही तो सही
जो निभी ज़ुल्मो-सितम के साथ अच्छी निभ गयी

ख़ूब गुज़री गरचे-औरों की निशातो-ऐश[1] में
अपनी भी रंजो-अलम के साथ अच्छी निभ गयी

हमको था मंज़ूर अपनी ख़ाकसारी[2] का निबाह
बारे[3] उस ख़ाके-क़दम के साथ अच्छी निभ गयी

जो ज़ुबां पर उसकी आया, लब पे[4] नक़्श[5] उसने किया
लोह[6] की सोहबत क़लम के साथ अच्छी निभ गयी

बू-ए-गुल[7] क्या रह के करती, गुल ने रहकर क्या किया
वह नसीमे-सुब्ह-दम[8] के साथ अच्छी निभ गयी

---

1. आराम 2. नम्रता 3. अन्त में 4. होठों पर 5. अंकित 6. तती 7. पुष्प की ग्रन्थ 8. सुबह की हवा।

शुक्र-सद-शुक्र अपने मुँह से जो निकाली मैंने बात
ऐ 'ज़फ़र' उसके करम के साथ अच्छी निभ गयी

14

क़द्र[1] ऐ इश्क़! रहेगी तेरी क्या मेरे बाद
कि तुझे कोई नहीं पूछने का मेरे बाद

ज़ख्म पर दिल के गवारा[2] है मुझे गो ये नमक
कौन चक्खेगा मुहब्बत का मज़ा मेरे बाद

दर-ए-जानां[3] से मेरी ख़ाक न करना बरबाद
देख, जाना न उधर बादे-सबा[4] मेरे बाद

ख़ारे-सहरा-ए-जुनूं[5] यूं ही अगर तेज़ रहे
कोई आयेगा नहीं, आबला-पा[6] मेरे बाद

मेरे दम[7] तक है तेरा ऐ दिले-बीमार इलाज़
कोई करने का नहीं, तेरी दवा मेरे बाद

उस सितमगर[8] ने मुझे जुर्मे-वफ़ा पर मारा
कोई लेने का नहीं, नामे-वफ़ा मेरे बाद

---

1. प्रतिष्ठा 2. सहन 3. प्रिय का द्वार 4. सुबह की हवा 5. पागलपन के जंगल का कांटा 6. छाले पड़े पाँव 7. जीवन 8. निर्दय।

ऐ 'ज़फ़र' हो न मुहब्बत को तेरा ग़म क्योंकर
कोई ग़मख्वार[9]-ए-मुहब्बत न हुआ मेरे बाद

9. हमदर्द।

15

कब हुज़ूमे-ग़म[1] से मेरी जान घबराती नहीं
मैं तो मर जाऊं, करूँ पर क्या कि मौत आती नहीं

कौन है, जिसको नहीं डर आहे-सोज़ां[2] का मेरे
कांपता शोला नहीं या बर्क़ थर्राती नहीं

क्या हुआ बदअस्ल[3] गर ज़ाहिर में है नेकी-सिफ़ात[4]
ज़ौहरे-ज़ाती[5] पर उनका ग़ैर बदज़ाती[6] नहीं

साक़िया फ़ुर्सत ये तेरी तारे-बारिश[7] से घटा
मैकशों के सर पे, क्या-क्या तीर बरसाती नहीं

साफ़ ख़ूबो-जिश्त[8] कह देता है मुँह पे आईना
बल[9] बेदीदे[10] की सफ़ाई आँख शरमाती नहीं

हमसरी[11] करता है गुल आरिज़[12] से उसकी ऐ सबा
दो तमाचे मारकर, तू उसको समझाती नहीं

---

1. ग़मों की भीड़ 2. जलती हुई आह 3. दुष्ट 4. अच्छी आदतों वाले 5. निजी गुण 6. दुष्टता के अलावा 7. बरसात का पानी 8. अच्छा-बुरा 9. परन्तु 10. अन्धा 11. बराबरी 12. गाल।

ए ‘ज़फ़र’ है देख खटका बाग़बां का किस क़दर
बाग़ में बुलबुल की आज आवाज़ भी आती नहीं

16

करूँ क्या, याद ज़ुल्फ़े-दिलबरे-जानी[1] नहीं जाती
नहीं जाती, मेरे दिल की परेशानी नहीं जाती

हक़ीक़त[2] भी हमारे इश्क़ की पहुँचे, तो क्या पहुँचे
कि वां तक नासेहों की[3] अक़्ले-दीवानी नहीं जाती

भला कर, तो भला होगा, सदा सुन बा-नवाओं[4] की
नहीं यह बात कुछ ऐसी कि जो मानी नहीं जाती

नहीं पहुँचाते हम तागोश नाज़ुक[5] ख़ुशदमाग़ों[6] के
कि जब तक बात कोई ख़ूब-सी छानी नहीं जाती

गुज़ार जाये न क्योंकर जान से क़ासिद कि जानां तक
ख़बर मुश्किल से जाती है, ब-आसानी नहीं जाती

तबीअत है जवां पीरी में भी, वो ऐ 'ज़फ़र' तेरी
सुख़नफ़हमी,[7] सुख़नसाज़ी,[8] सुख़नदानी[9] नहीं जाती

---

1. प्रिय के बालों की याद 2. वास्तविकता. 3. उपदेशक 4. गाने वालों 5. कोमल नाज-नख़रे वाले 7. काव्य-मर्मज्ञता 8. काव्य के गुण-दोष पहचानने की क्षमता काव्य-रचना।

17

करूँ ख़त में क्या हाले-तहरीर[1] पहले
वहाँ चाके-ख़त[2] की है तद्बीर पहले

जो मजनूं की तस्वीर खींचे मुसव्विर[3]
रखे सामने मेरी तस्वीर पहले

कोई उसका दिल पहले जाकर टटोलो
मुहब्बत की छेड़ो न तक़रीर पहले

रविश-गुल[4] के जो उस चमन में हँसेगा
रहेगा वो जूं ग़ुन्चा[5] दिलगीर[6] पहले

सितम है, नहीं ख़ाक भी अब समझते
हमें जानते थे जो अक्सीर[7] पहले

ख़ुदा जाने ऐ इश्क़ क्या हो गयी वो
जो थी अपनी आँखों में तासीर[8] पहले

---

1. हाल लिखना 2. पत्र फाड़ना 3. चित्रकार 4. फूल की तरह 5. कली की भाँति 6. दिल थामना 7. दवा 8. प्रभाव।

मुक़द्दम[9] है तद्बीर ज़ाहिर[10] में, लेकिन
'ज़फ़र' काम करती है तक़दीर पहले

9. पहली बात 10. प्रकट।

18

कली जो लाला-ए-अह्मर[1] सी मुस्कुरायी आज
हँसी चमन में मुझे तेरी याद आयी आज

नहीं है वज्हे-कुदूरत[2] कोई मुझे मालूम
करूँ उस आईना-रू[3] से जो मैं सफ़ाई आज

बहार ताब-ए-औरंग[4] हो गयी पामाल[5]
चमन में फ़न्दके-पा[6] तुमने जब दिखायी आज

मिसाले-नक़्शे-क़दम[7] आह उठ नहीं सकता
मिलाया ख़ाक में तूने शिकस्तापायी[8] आज

बरंगे-शाना[9] न क्योंकर हो दिल कशाकश में
करे हैं ज़ुल्फ़ तेरी हमसे कजअदायी[10] आज

तुम्हारे हुस्न के कूचे में ले के कासा-ए-चश्म[11]
बग़ौर देखिए करता हूँ मैं गदायी[12] आज

---

1. लाल रंग का फूल 2. गन्दगी 3. दर्पणमुखी 4. बुद्धि 5. बरबाद 6. पदचिन्ह 7. पदचिन्ह की भाँति 8. हिम्मत टूटना 9. कन्धे की तरह 10. टेढ़ा चलना 11. आँख-रूपी भिक्षापात्र 12. फ़क़ीरी।

मिला वो शोख़[13] तो सच है कि ऐ 'ज़फ़र' हमसे
सिवाए गिरया[14] के कुछ बात बन न पायी आज

13. चंचल 14. रोना।

19

किसी को हमने यां अपना ना पाया
जिसे पाया, उसे बेगाना[1] पाया

कहाँ ढूंढ़ा उसे, किस जा[2] ना पाया
कोई पर ढूंढ़ने वाला ना पाया

उड़ाकर आशियां[3] सर-सर[4] ने मेरा
किया साफ़ इस क़दर, तिनका ना पाया

उसे पाना नहीं आसां कि हमने
न जब तक आपको खोया, ना पाया

दवा-ए-दर्दे-दिल[5] मैं किससे पूछूं
तबीबे-इश्क़[6] को ढूंढा, ना पाया

सबा[7] ने हब्से-दम[8] सीखा है किससे
चमन में हिलते इक पत्ता ना पाया

---

1. पराया 2. जगह 3. घोंसला 4. आँधी 5. दिल के दर्द की दवा 6. प्रेम-रोग का चिकित्सक 7. प्रातःकालीन वायु 8. सांस रोकना।

‘ज़फ़र’ दिल जाने या हम, कौन जाने
कि पाया उसमें क्या और क्या ना पाया

20

कोई अफ़्सूं[1] मेरा, गर उन पर चले
ख़ुद-ब-ख़ुद आयें, वो मेरे घर चले

यक-ब-यक उट्ठा वही पहलू में दर्द
जब वो पहलू से मेरे उठकर चले

दिन मुसीबत के जो भरने थे हमें
हम मुहब्बत में तुम्हारी भर चले

दिल को अपने उसके कूए-ज़ुल्फ़[2] में
मैं ना जाने दूँ मेरा बस गर चले

ने जिगर में आह, ने आँखों में अश्क
काम अपना इश्क़ में क्योंकर चले

ज़िक्र जब ख़ानाख़राबी[3] का मेरी
बज़्म[4] में आया, वो अपने घर चले

जो किया, सो ऐ 'ज़फ़र' हमने भरा
क्या कहें, दुनिया से हम क्या कर चले

---

1. जादू 2. बालों की गली 3. घर की बरबादी 4. महफ़िल।

21

क्या कहूँ तुमने मुझसे कैसी की
जी ही जाने है मेरा, जैसी की

न करे कोई दुश्मनी ज़ालिम
दोस्ती तूने मुझसे ऐसी की

सोज़िशे-दिल[1] ने हरइक बुन-मू[2] से
एक पैदा सदा-ए-नौं[3]-सी की

तेरी मौजे-तबस्सुमे-लब[4] ने
की नुमाइश, तो मौजे-मै-सी[5] की

क्या कहें क्या बशर[6] के क़ालिब[7] में
हमने मालूम एक शै-सी[8] की

की, बुराई की मुझसे आँखों ने
दिल ने क्या उससे ऐसी-तैसी की

---

1. दिल की जलन 2. बाल 3. बांसुरी का स्वर 4. होठों की मुसकान 5. शराब की लहर 6. मनुष्य 7. हृदय 8. वस्तु।

देखो होगा वो बरहम[9] और 'ज़फ़र'
बात गर तुमने ऐसी-वैसी की

9. क्रोधित।

22

क्या कहूँ दिल माइले-ज़ुल्फ़े-दुता[1] क्योंकर हुआ
यह भला-चंगा गिरफ़्तार-ए-बला[2] क्योंकर हुआ

दीदा-ए-हैरां[3] हमारा था, तुम्हारे ज़ेरे-पा[4]
हमको हैरत है कि पैदा नक़्शे-पा[5] क्योंकर हुआ

ख़ाकसारी क्या अजब, खो दे अगर दिल का ग़ुबार
ख़ाक से देखो कि आईना सफ़ा क्योंकर हुआ

जिनको यकताई[6] का दावा था, वो मिस्ले-आईना
उनको हैरत है कि पैदा दूसरा क्योंकर हुआ

तेरे दाँतों के तसव्वुर[7] से न था, गर आबदार[8]
जो बहा आँसू, वो दुर्रे-बे-बहा[9] क्योंकर हुआ

जो न होना था, हुआ हम पर तुम्हारे इश्क़ में
तुमने इतना भी न पूछा, क्या हुआ, क्योंकर हुआ

---

1. दोहरे बाल 2. मुसीबत में फंसा 3. अचरज-भरी आँखें 4. पाँव तले 5. पदचिन्ह 6. एक होना 7. कल्पना 8. चमकदार 9. अमूल्य मोती।

वो तो है नाआश्ना[10] मशहूर आलम में 'ज़फ़र'
पर ख़ुदा जाने, वो तुझसे आश्ना क्योंकर हुआ

10. अपरिचित।

23

क्या निगाहे-मस्त में साक़ी की मस्ती है भरी
सबके दिल में आरज़ू-ए-मैपरस्ती[1] है भरी

हम बुतों में देखते हैं जलव-ए-हक़[2] ज़ाहिदा[3]
बुतपरस्ती[4] में हमारी हक़परस्ती[5] है भरी

सैकड़ों दिल इक निगह पर ले लिये हैं उसने मोल
हो-न-हो कुछ नफ़ा[6] लेकिन जिंस[7] सस्ती है भरी

फ़ुर्सते-यकदम[8] पे है सरकश[9] हुआ क्या-क्या हुबाब[10]
उसके सर में जो हवा-ए-बहरे-हस्ती[11] है भरी

आदमी कहते हैं जिनको, कम हैं दुनिया में वो लोग
यूं तो सब औलादे-आदम से ये बस्ती है भरी

---

1. मदिरापान की इच्छा 2. दैवी प्रकाश 3. नियम से रहने वाला 4. सांसारिक सौन्दर्य का पुजारी 5. ईश्वर-भक्ति 6. लाभ 7. सौदा 8. क्षण 9. घमण्डी 10. बुलबुला 11. जीवन के प्रति गर्व।

गुम्बदे-गर्दूं[12] को तुम ख़ाली न समझो ऐ 'ज़फ़र'
इसमें सर-ता-पा[13] बुलन्दी और पस्ती है भरी

---

12. गुम्बद के समान आकाश 13. सर से पाँव तक।

24

क्योंकि हम दुनिया में आये, कुछ सबब[1] खुलता नहीं
इक सबब क्या, भेद वां का सब-का-सब खुलता नहीं

पूछता है हाल भी, गर वो, तो मारे शर्म के
ग़ुंचा-ए-तस्वीर[2] से मानिन्दे-लब[3] खुलता नहीं

शाहिदे-मक़्सूद[4] तक पहुँचेंगे क्योंकर, देखिये
बन्द है बाबे-तमन्ना[5] है ग़ज़ब खुलता नहीं

दिल है ये, ग़ुंचा नहीं है, इसका अक़्दा[6] ऐ सबा
खोलने का जब तलक आवे न ढब, खुलता नहीं

इश्क़ ने जिनको किया ख़ातिर-गिरफ़्ता[7] उनका दिल
लाख होवे गर्चे सामाने-तरब[8] खुलता नहीं

किस तरह मालूम होवे उसके दिल का मुद्दआ[9]
मुझसे बातों में 'ज़फ़र' वो ग़ुंचा-लब[10] खुलता नहीं

---

1. कारण 2. तस्वीर की कली 3. होठों की तरह 4. अभिप्राय 5. इच्छाओं का द्वार 6. गांठ 7. दुखी 8. सुख-सामग्री 9. अभिप्राय 10. कली-जैसे होंठ वाला।

25

ख़याल अपना उधर पहुँचा बसद-तद्बीर[1] मुश्किल से
खिंची क़ल्के-तसव्वुर[2] से भी वह तस्वीर मुश्किल से

रहे हैं हिज्र की शब यह हुकूम-रंज-ग़म दिल से
कि निकले है हमारा नालए-शबगीर[3] मुश्किल से

हज़ारों तरह के हैं पेच उसकी ज़ुल्फ़े-पेचां में
बनायी है किसी सन्नाअ[4] ने ज़ंजीर मुश्किल से

फिरे जो हिर्स[5] में ही, निकले क्या दुनिया से वो आसां
मियां से ज़ंग-आलूदा[6] खिंचे शमशीर[7] मुश्किल से

ज़ईफ़ो-नातवां[8] हूँ कूचा-ए-जानां[9] में रहने दो
यहाँ पहुँचा हूँ मैं ऐ गर्दिशे-तक़्दीर[10] मुश्किल से

न ढाओ ख़ाना-ए-दिल[11] को 'ज़फ़र' के, ऐ बुतो देखो
ये घर बाद-अज़-ख़राबी[12] होगा फिर तामीर[13] मुश्किल से

---

1. सैकड़ों उपाय 2. कल्पना की क़लम 3. रातों का रोना 4. कारीगर 5. लालच जंग लगी हुई 7. तलवार 8. शिथिल 9. प्रिय की गली 10. भाग्य का फेर 11. दिल-रूपी घर 12. नष्ट होने के बाद 13. निर्माण।

26

ग़मे-दिलदार[1] अब यूं दिल में बे-बाकाना[2] आता है
कि जैसे अपने घर में कोई साहिबेख़ाना[3] आता है

तेरे क़ुर्बां[4] हमें तो काम है तेरे तसव्वुर[5] से
ख़याल अपना किसी जानिब[6] न आयेगा, न आता है

कहा शाने[7] से ज़ुल्फ़े-यार ने यूं दिल को उलझाकर
तुझे सुलझाना आता है, मुझे उलझाना आता है

जिसे अपने सनम[8] की शौक़ है सूरत-परस्ती[9] का
भला मस्जिद में कब वह छोड़कर मैख़ाना[10] आता है

किया बदमस्त हमको जब से चश्मे-मस्त साक़ी ने
नज़र या बाब में अब शीश-ओ-पैमाना आता है

तेरी रफ़्तारे-वहशतख़ेज़[11] को सब देख सकते हैं
वही वहशी,[12] वही ख़ब्ती,[13] वही दीवाना आता है

1. प्रिय का दुःख 2. बिना डर 3. मालिक 4. न्योछावर 5. कल्पना 6. ओर 7. कन्या 8. प्रियतम 9. सौन्दर्य का पुजारी 10. शराबखाना 11. पागलपन की आदत 12. जंगली 13. सनकी।

27

गये यारब[1] वो लोग अगले कहाँ, पाये नहीं जाते
जो ढूंढे, तो कहीं उनके निशां पाये नहीं जाते

अजब सनअत[2] दिखायी अपनी,ये नक़्क़ार-ए-कुदरत[3] ने
कि नाले एक से सबके यहाँ पाये नहीं जाते

ग़ुरूर-ए-हुस्न[4] से यह महवशों के ही दिमाग़ी है
दिमाग़ अब उनके ज़ोरे-आसमा पाये नहीं जाते

मेरी जानिब[5] से हैं जैसे गुमाँ[6] इन बदगुमानों के
जुमाने में कहीं ऐसे गुमां पाये नहीं जाते

अदम[7] की राह में क्योंकर किसी की खोज हाथ आये?
कि वां तो नक़्शा-पाए-र तगां[8] पाये नहीं जाते

सबब क्या, ना कमर है, ना दहां[9] इन ख़ूबरूओं[10] की
'ज़फ़र' यह हमसे असरारे-निहां[11] पाये नहीं जाते

---

1. हे परमात्मा 2. कारीगरी 3. कलाकार प्रकृति 4. सुन्दरता का घमण्ड 5. ओर 6. शंकाएं 7. परलोक 8. जाने वालों के पैरों के निशान 9. मुँह 10. सुन्दर लोग 11. गूढ़ रहस्य।

28

घुटा इतना मेरा दिल कि धुआं है
कि नीचे आसमां के आसमां है

ये हस्ती[1] कब सुकूनत[2] का मकां है
यहाँ रहना तेरा वहमो-गुमां[3] है

नज़र आता है पहलू मुझको ख़ाली
दिले-गुमगश्ता[4] ना जाने कहाँ है

ज़मीं उस दश्त[5] की तपती है क्या-क्या
जहाँ आसूदा[6] तेरा तुफ़्ता-जां[7] है

मेरे नालों से है शब का जिगर चाक[8]
फ़लक[9] पर ये जो ख़त-ए-कहकशां[10] है

'ज़फ़र' इसमें समझकर पाँव रखना
मुहब्बत एक बहे-बेकसां[11] है

---

1. जीवन 2. सुख-शान्ति से युक्त 3. भ्रम 4. खोया हुआ 5. जंगल 6. सोया हुआ 7. दिलजला 8. फटा हुआ हृदय 9. आकाश 10. सितारों का समूह 11. अथाह समुद्र।

29

जब कि रोते हुए आ जायेंगे हम
बज़्म[1] में सब को रुला जायेंगे हम

जो है मंजूर, कहें या न कहें
उनकी नज़रों ही से पा जायेंगे हम

जो नसीबों से उठाये हैं अलम[2]
दिल के हाथों से उठा जायेंगे हम

तेरे मिलने की न खायेंगे क़सम
ज़हर भी देगा, तो खा जायेंगे हम

कौन जा सकता है उसके कूचे[3] में
या तो दिल जायेगा या जायेंगे हम

दर्दे-सर इतना कभी देंगे तुम्हें
दर्द-दिल अपना सुना जायेंगे हम

---

1. सभा 2. दुःख 3. गली।

कोई भी ग़म ख़्वार[4] वां तक ना गया
ऐ 'ज़फ़र' सबने कहा, जायेंगे हम

4. हमदर्द।

30

जब था साक़ी यार हमारा, हम थे और मैख़ाना था
अब वो दिन कहाँ क़ैफ़ीयत[1] के, वो भी एक ज़माना था

दश्त[2] में जो था ख़ार,[3] ज़बां पर उसकी मेरा अफ़साना था
मुझसे मुक़ाबिल होता मजनूं, ऐसा क्या दीवाना था

जब से बसा तू दिल में आकर, हुई है सूरत[4] आबादी
रहता था कौन आ के इसमें, ये तो इक वीराना था

पूछते क्या हो मुझसे अज़ीज़ो[5], हाल ग़मे-तनहाई का
मैं था और ग़मख़ाना था, ग़म वार था और ग़मे-जाना[6] था

कोई मिला गर इश्फ का क़तरा, इश्क़ में तेरे शुक्र किया
जाना अपनी क़िस्मत में हां, ये ही आबोदाना था

हुस्नो-जमाले-यार 'ज़फ़र' जबरातकोबज़्म-अ-रोज़[7] हुआ
शमा रुख़े-पुरनूर[8] पे उसके, माह[9] भी इक परवाना था

---

1. मस्ती 2. जंगल 3. काँटा 4. दशा 5. दोस्तों 6. प्रिय का दुःख 7. महफ़िल में आना 8. दमकता हुआ चेहरा 9. चाँद।

31

जलाया आप हमने ज़ब्त कर-कर आहे-सोज़ां[1] को
जिगर को, सीना को, पहलू को, दिल को, जिस्म को, जां को

हमेशा कुंजे-तनहाई[2] में मूनिस[3] हम समझते हैं
अलम[4] को, यास[5] को, हसरत को, बेताबी को, हुरमां को

जगह किस-किस को दूँ दिल में तेरे हाथों से ऐ क़ातिल
कटारी को, छुरी को, बांक को, खंज़र को, पैकां[6] को

न हो जब तू ही ऐ साक़ी, भला फिर क्या करे कोई
हवा को, अब्र[7] को, गुल को, चमन को, सहन-ए-बस्तां[8] को

नहीं कुलकुल[9] दुआ देता है शीशा दम-ब-दम[10] साक़ी
सुबू[11] को, ख़ुम[12] को, मै को, मैकदा को, मैपरस्तां[13] को

तुझे दिल दे के मैं ऐ काफ़िरे-बेमेह्र[14] खो बैठा
ख़िरद[15] को, होश को, ताक़त को, जी को, दीनो-ईमां को

---

1. जलती हुई आहें 2. अकेलापन 3. सहायक 4. दुःख 5. चमेली 6. तीर 7. बादल 8. उपवन 9. बोतल से मदिरा गिरने का स्वर 10. हर क्षण 11. प्याला 12. मटका 13. शराबी 14. निष्ठुर 15. बुद्धि।

बनाया ऐ 'ज़फ़र' ख़ालिक़[16] ने जब इंसान से बेहतर
मलक[17] को, देव को, जिन को, परी को, हूरो-ग़िलमां[18] को

16. ईश्वर 17. देवता 18. रूपसियां।

32

जा कहियो उनसे नसीमे-सहर[1] मेरा चैन गया, मेरी नींद गयी
तुझे मेरी, न मुझको तेरी ख़बर मेरा चैन गया, मेरी नींद गयी

ऐ बादशाहे-खूबाने-जहाँ[2] तेरी मोहनी सूरत पे क़ुर्बां[3]
कहा उसने, पड़ी तेरी जिस पे नज़र मेरा चैन गया, मेरी नींद गयी

हुई बादे-बहारी[4] चमन में अयां[5] गु-
लो-बूटा[6] पे बाक़ी रही न ख़िज़ां
मेरी शाख़े-उमीद[7] न लायी ख़बर मेरा चैन गया, मेरी नींद गयी

ऐ बर्क़े-तजल्ली[8] बह्रे-ख़ुदा[9] जला मुझे हिज्र में शम्आ-सा
मेरी ज़ीस्त[10] है मिस्ले-चराग़े-
-सहरद[11] मेरा चैन गया, मेरी नींद गयी

---

1. सुबह की हवा 2. संसार के सौन्दर्य की रानी 3. न्योछावर 4. वसन्त की हवा 5. उजागर 6. फूल-पौधे 7. उम्मीद की शाख़ 8. सौन्दर्य का प्रकाश 9. ईश्वर के नाम पर 10. जीवन 11. प्रातःकाल के दीपक के समान।

33

जाम है, शीशा[1] है, साक़ी भी है, बरसात भी है
इन दिनों बादाकशी[2] दिन भी है और रात भी है

कुछ तो है अपनी तरफ़ से भी तलब[3] साग़रे-मय
और साक़ी की कुछ इमदादो[4] मदारात[5] भी है

शीशा ख़ाली हो, तो ख़ुम[6] पास धरा है लबरेज़[7]
ख़ुम जो ख़ाली हो, तो नज़दीक ख़राबात[8] भी है

जोशे-मस्ती भी है, हंगामे-हमी आग़ोशी[9]
ख़्वाहिशे-वस्ल[10] भी है, जाए-मुलाक़ात[11] भी है

दश्त[12] है, गश्त[13] है और सामने आँखों के शिकार
पये[14] आहु-ए-निगहां[15] दाँव भी है, घात भी है

---

1. बोतल 2. शराब पीना 3. माँग 4. सहायता 5. ख़ातिर 6. बरबादी 7. भरा हुआ 8. शराबख़ाना 9. आलिंगन 10. मिलने की इच्छा 11. मिलने का स्थान 12. जंगल 13. सैर 14. पाँव 15. हरिण की आँख।

साज़ो-मुतरिब[16] भी है और नग़्मा भी है, रक्स[17] भी है
साथ हर तार के आँखों से इशारात[18] भी है

वो भी सरमस्त है और हम भी नशे में सरशार[19]
हाथ गर्दन में है और लुत्फ़े-इनायात[20] भी है

यार है, यार के साथ है 'ज़फ़र' बोसा-ओ-किनार[21]
और गर चाहिए कुछ बात, तो वो बात भी है

---

16. बाजा और गाने वाला 17. नृत्य 18. इशारा 19. मस्त 20. कृपा 21. चुम्बन व आलिंगन।

34

जिधर आँख पड़ती है, तू रूबरू[1] है
तेरा जलवा सब में है, सब जाए[2] तू है

रखूं आईना क्यों न पेशे-नज़र मैं
मेरी आरसी[3] मेरा आईना-रू[4] है

मेरी चश्म में क्या है तेरा तसव्वुर[5]
मेरे दिल में क्या है, तेरी आरज़ू है

बदन में महक है, तेरे यासमन[6] की
तेरी ज़ुल्फ़े-मुश्कीं[7] में अम्बर[8] की बू है

सदा[9] पर्द-ए-साज़[10] की यह नहीं है
कोई पर्दे में कर रहा गुफ़्तगू है

कोई छूटता है, ये दामन से क़ातिल
शहीदे-मुहब्बत का आख़िर लहू है

---

1. सम्मुख 2. जगह 3. एक गहना 4. दर्पण-जैसा 5. कल्पना 6. चमेली का फूल 7. सुगन्धित केश 8. एक प्रकार की सुगन्ध 9. ध्वनि 10. बाजे का पर्दा।

'ज़फ़र' आपको ढूंढ, मत ढूंढ उसको
वो तुझमें है, जिसकी तुझे जुस्तजू[11] है

11. तलाश।

35

जिस जगह हम हों, वहाँ गर तू न हो, तो कुछ नहीं
और जहाँ तू हो, वहाँ क़ाबू न हो, तो कुछ नहीं

तकिया मख़मल का मेरे ज़ानू[1] के नीचे हो-न हो
उसके ज़ानू पर मेरा ज़ानू न हो, तो कुछ नहीं

इश्क़ में लज़्ज़ात[2] क्या, यारो बजुज़[3] सोज़ो-गुदाज़[4]
लब पे नाला,[5] चश्म में आँसू न हो, तो कुछ नहीं

तन में मजनूं के नहीं ख़ूं और ये वहशत[6] का ज़ोर
वरना इंसां में अगर लोहू न हो, तो कुछ नहीं

आईने को दिल के है जलवे[7] से तेरी रौशनी
हमको रौशन तेरा अक्से-रू[8] न हो, तो कुछ नहीं

आँख है सेकी, तो क्या, थोड़ा-सा दिल भी तो जले
आतशी-रुख़सार[9] आतश-ख़ू[10] न हो, तो कुछ नहीं

---

1. घुटना 2. मज़ा 3. सिवा 4. जलना और रोना 5. रोना 6. पागलपन 7. रौशनी 8. चेहरे की छाया 9. सुन्दर गाल 10. आग के समान आदतें।

चाहिए रंगीं-मिज़ाजों[11] को 'ज़फ़र' इज़हारे-लुत्फ़[12]
ज़ेबे-गुल[13] ख़ुशबू से है, ख़ुशबू न हो, तो कुछ नहीं

11. अच्छी सूरतों को पसन्द करने वाले 12. प्रेम का प्रदर्शन 13. फूल की शोभा।

36

जो तमाशा देखने दुनिया में थे आये हुए
कुछ न देखा, फिर चले आख़िर वो पछताये हुए

फ़र्शे-मख़मल पर भी मुश्किल से जिन्हें आता था वाब
ख़ाक पर सोते हैं, अब वो पाँव फैलाये हुए

जो मुहय्याए-फ़ना-हस्ती[1] में है मिस्ले-हुबाब[2]
होते हैं अव्वल[3] से ही पैदा वो कफ़नाये[4] हुए

ग़ुंचे[5] कहते हैं कि होगा देखिये क्या अपना रंग
जब चमन में देखते हैं फूल कुम्हलाये हुए

ग़ाफ़िलो! इस अपनी हस्ती पर कि है नक़्शे-ब-आब[6]
मौज की मानिन्द[7] क्यों फिरते हो बल खाये हुए

बे-क़दम नक़्शे-क़दम[8] पे बैठ सकता है कि हम
आप से बैठे नहीं, बैठे हैं बिठलाये हुए

---

1. नश्वर संसार 2. दोस्त की भाँति 3. शुरू 4. क़फ़न ओढ़े हुए 5. कलियाँ 6. पानी की पिचकारी 7. लहरों की भाँति 8. पदचिन्ह।

ऐ 'ज़फ़र' बे-ऐबो-रहमत[9] उसके क्यूंकर बुझ सकें
नफ़्से-सरकश[10] के जो ये शोले हैं भड़काये हुए

9. कृपा 10. अशिष्ट सांसें।

37

जो देखा ऐन-जोशे-ग़म[1] में मेरे अश्क पीने को
तो पीटा ख़ूब दस्ते-मौज[2] से दरिया ने सीने को

गुले-ख़ुरशीद[3] पर इक ओस-सी पड़ जाये गुलशन में
तेरे रुख़सार[4] पर, गर इक नज़र देखे पसीने को

फ़क़त नामो-निशां की आरज़ू काविश[5] में लायी है
बगरना सीना-कावी[6] से ग़रज़ क्या थी नगीने को

लबे-शीरीं[7] से है तेरी हलावत[8] ज़िन्दगानी की
कलामे-तल्ख़[9] लेकिन तल्ख़[10] कर देती है जीने को

लगाता हूँ जो दिल उस संगदिल[11] से, दिल ये कहता है
कि पत्थर से भिड़ाता क्यों है ज़ालिम आबगीने[12] को

---

1. बहुत दुःख के समय 2. लहर-रूपी हाथ 3. एक फूल का नाम 4. गाल 5. कष्ट 6. हृदय का कष्ट 7. मीठे होंठ 8. मिठास 9. कड़वी बात 10. कड़वा 11. निर्दय 12. शीशा।

नहीं महफ़िल में मुझको जाए[13] पर ये भी ग़नीमत[14] है
कि अपने दिल में तो उसने जगह दी मेरे कीने[15] को

---

13. जगह 14. बहुत 15. दुश्मनी।

38

जो पियेंगे शराब बेमौक़ा
वो ही होंगे ख़राब बेमौक़ा

डर ख़ुदा से, न बोल इतना झूठ
बुत-ए-ख़ानाख़राब बेमौक़ा

हम तो कहते हैं बात मौक़े की
और देते जवाब बेमौक़ा

हस्ती-ए-यक-नफ़स[1] पे क्यों ये हवा
बाँधती है हबाब बेमौक़ा

रुख़-ए-रौशन[2] के रूबरू[3] है तेरे
ताबिशे[4] आबो ताब[5] बेमौक़ा

अब्र[6] मिज़गां[7] के सामने तेरे
है बरसता सहाब[8] बेमौक़ा

---

1. एक सांस का जीवन 2. चमकदार चेहरा 3. सामने 4. चमक 5. सूरज 6. बादल 7. पलकें 8. बादल।

दिल 'ज़फ़र' दे के शोलारूओं[9] को
लिये हमने अज़ाब[10] बेमौक़ा

9. अग्नि के सामान मुख वाले 10. दुःख।

39

डाले हुए गरदन जो मेरा नामाबर[1] आया
मतलब के दिले-यार का मालूम कर आया

गर फ़िक्र में हो राह के, तो शह का करो ज़िक्र
ऐ ग़ाफ़िलो[2] नज़दीक़ ऐ रोज़े-सफ़र[3] आया

लोटेगा पड़ा ख़ाक के बिस्तर पे वो ता-हश्र[4]
आराम की घड़ी को जो हस्ती[5] में धर आया

क्या जाने बनी क़ैस पे, क्या दश्ते-जुनूं[6] में
जो ख़ाक-बसर[7] आज बगोल[8] नज़र आया

इक हम ही नहीं बेख़बर आये हैं जहाँ में
जो आया जहाँ में है, सो वो बेख़बर आया

मैं शर्म से असियां[9] के हुआ सर-ब-गरेबां[10]
जिस वक्त ख़याल आह, उधर का 'ज़फ़र' आया

---

1. सन्देशवाहक 2. सोने वालों चलने का दिन 4. प्रलय के दिन तक 5. जीवन हैं-उन्माद का जंगल 7. सिर पर धूल से युक्त 8. बवण्डर 9. दोष 10. सिर झुका लेना।

40

तनहा[1] न इश्क़ में दिले-माइल[2] पे बन गयी
जी पर भी वही बन गयी, जो दिल पे बन गयी

दिल ही से पूछो, इश्क़ में जो दिल पे बन गयी
बिस्मिल[3] ही जानता है, जो बिस्मिल पे बन गयी

बरपा[4] हो क्यों न ख़ानाए-ज़िन्दां[5] में रोज़ो-गुल[6]
मेरे जुनूं[7] से अब तो सलासिल[8] पे बन गयी

ख़ुश है जिसे कि ग़म नहीं अंजामकार[9] का
अन्देशा-ए-मआल[10] में आक़िल[11] पे बन गयी

पहुँची न रफ़्तागाने-अदम[12] की जो कुछ ख़बर
क्या जाने कैसी जाते ही मंज़िल पे बन गयी

हस्ती[13] के बाग़बां की 'ज़फ़र' पूछता है क्या
जो कुछ चमन में जाने-अनादिल[14] पे बन गयी

---

1. अकेले 2. इच्छा करने वाला दिल 3. घायल 4. पैदा 5. क़ैदख़ाना 6. शोर 7. पागलपन 8. बेड़ियां 9. कर्मफल 10. फल की चिन्ता 11. बुद्धिमान् 12. परलोक को जाने वाला 13. जीवन 14. बुलबुल।

41

तीर तेरा जिसके सीने से गुज़र कर जायेगा
आप जायेगा गुज़र, पर दिल में घर कर जायेगा

वो मुकामे-ऐश[1] है दुनिया कि यां से जीते-जी
कौन जाता है, अगर जायेगा, मर कर जायेगा

चुपके-चुपके नाला[2] कब सीने से जायेगा निकल
जायेगा जिस वक्त, यह सब को ख़बर कर जायेगा

इम्तिहां करती नहीं उल्फ़त का परवाने से शम्अ
गर ख़बर होती कि ख़ैरात[3] इस क़दर कर जायेगा

तेरी हस्ती पेशख़ेमा[4] है, ये तेरा है हुबाब[5]
अब तो कोई दम में या से तू सफ़र कर जायेगा

कर गया गर इक तबस्सुम[6] बाग़ में आकर वो गुल[7]
देखना ग़ुंचे के सौ टुकड़े जिगर कर जायेगा

---

1. आराम-स्थल 2. रोना-चिल्लाना 3. त्याग 4. भविष्यवाणी 5. बुलबुला 6. मुसकान 7. कली।

जज़्ब-ए-दिल[8] खींच ही लायेगा उस ख़ुदकाम[9] को
काम अपना एक दिन ये ऐ 'ज़फ़र' कर जायेगा

8. हृदय का भाव 9. स्वच्छन्द।

42

तुझे हमेशा जो ना मेहरबान पाया है
ये हमने अपना दिले-नातवान पाया है

फिराया वादिए-गुर्बत[1] में है जो सरगदां[2]
मुझी को तूने रक़ीब आसमान पाया है

ये गालियां तेरी हम बेमज़ा नहीं खाते
मज़ा भी इनमें कुछ ऐ बदगुमान[3] पाया है

रखे हैं और सिवा [4] मेरे सर पर
मुझे जो इश्क़ ने अब नातवान[5] पाया है

हमेशा चश्म को मिश्गाँ से ज़ेब[6] है देखो
ये इस मकान ने क्या सायबान[7] पाया है

किया है हमने 'ज़फ़र' जा के जब तेरा मज़कूर[8]
तेरी तरफ़ से उन्हें बदगुमान पाया है

---

1. परदेस 2. परेशान 3. आशंकित 4. दुखों का बोझ 5. शिथिल 6. अच्छा लगना 7. छत के ऊपर बने छोटे-से कमरे की छत 8. चर्चा।

43

तुम्हारे इश्क़ में हम ऐ बुतो क्या-क्या न रखते हैं
जिगर सदचाक[1] रखते हैं, दिले-दीवाना रखते हैं

ख़ुदा की याद में हरदम तू रख अपने को ऐ ज़ाहिद
जो दाना[2] हैं नहीं, वह सबहए-सद-दाना[3] रखते हैं

न क्योंकर क़ब्र पर मजनूं की पहले फ़ातिहा[4] पढ़ लें
कि हम भी अज़्मे-रफ़्तन[5] जानिबे-वीराना[6] रखते हैं

कोई दम-भर की हस्ती[7] में ग़नीमत है हमें रहना
लबे-आसा[8] लबालब उम्र का पैमाना रखते हैं

मुगा से बेत है हमको, कोई कह देवे ज़ाहिद से
कि हम अब तकिया-गह[9] अपना दरे-मैख़ाना[10] रखते हैं

---

1. सौ जगह से फटा हुआ 2. बुद्धिमान् 3. सौ दानों वाली माला 4. दुआ 5. चलने का इरादा 6. जंगल की ओर 7. जीवन 8. बुलबुला 9. भरोसा 10. शराबख़ाने के दरवाज़े पर।

बरंगे-ताइरे-क़िब्लानुमा[11] मत पूछ कुछ हमदम[12]
कि तनहाई में हम क्या हाले-बेबाकाना[13] रखते हैं

11. दिशा का ज्ञान कराने वाला यन्त्र 12. साथी 13. निडर।

44

तुमको बहका दिया किसी ने है
हाय यह क्या किया किसी ने है

फिरते हैं वह अलग-अलग हमसे
लगा कुछ तो दिया किसी ने है

आश्ना-आश्ना[1] हैं सब कहते
देखा भी आश्ना किसी ने है

हमने देखा है जो सितम[2] तेरा
नहीं अब तक सुना किसी ने है

क्या गुज़रती मज़े में थी, लेकिन
कर दिया बेमज़ा किसी ने है

सबब[3]-ए-रंजिश[4] उनका, दिल के सिवा
नहीं मुझसे कहा किसी ने है

---

1. मित्र 2. कष्ट 3. कारण 4. दुश्मनी।

मर गये, पर हमारे मरने पे
कब कहा मरहबा[5] किसी ने है

ऐ 'ज़फ़र' रो दिया है, जब मेरा
कुछ सुना माजरा[6] किसी ने है

---

5. प्रशंसा 6. हाल।

45

तेरा हुस्न हम जल्वागर[1] देखते हैं
जहाँ देखते हैं, जिधर देखते हैं

करें क्योंकर दिल की, न हम पासदारी[2]
कि हर दिल में हम तेरा घर देखते हैं

नहीं रखते नाम और का वह, जो अपने
गिरेबां[3] में मुँह डालकर देखते हैं

क़दम क्यों ही बहे-मुहब्बत[4] में डालें
कि हर मौज मौजे-ख़तर[5] देखते हैं

धुआं आग से, आग पत्थर से निकले
मुहब्बत का सब में असर देखते हैं

कहाँ हैं वो आँखें हमारी कि देखें
'ज़फ़र' उनको अह्ले-नज़र[6] देखते हैं

---

1. प्रकाशवान् 2. रखवाली 3. क़मीज या कुरते का अग्रभाग 4. प्रेम का समुद्र 5. ख़तरे की लहर 6. देखने वाले।

46

तेरे जिस दिन से ख़ाके-पा[1] हैं हम
ख़ाक हैं, फिर भी कीमिया[2] हैं हम

जिस तरफ़ चाहे, हमको ले जाये
जानते दिल को रहनुमा[3] हैं हम

जो कि मुँह पर है, वो ही दिल में है
मिस्ले-आईना[4] बासफ़ा[5] हैं हम

हमदमोमिस्ले - सूरते - तस्वीर[6]
क्या कहें तुमसे, बे-सदा[7] हैं हम

तू जो नाआश्ना[8] हुआ हमसे
ये गुनाह है कि आश्ना हैं हम

हम हैं जूं ज़ुल्फ़े-आरिज़े-ख़ूबां[9]
जो परीशां हैं, ख़ुशनुमा[10] हैं हम

---

1. पाँव की धूल 2. एक प्रकार की विशेष दवा 3. पथ-प्रदर्शक 4. दर्पण की भाँति 5. साफ़ 6. चित्र की भाँति 7. बिना आवाज़ 8. अपरिचित 9. सुन्दर कपोलों के रोम 10. प्रसन्न।

ऐ 'ज़फ़र' पूछता है मुझको सनम
क्या कहें, बन्दा-ए-ख़ुदा हैं हम

47

थक के हम राहे-मुहब्बत में जहाँ बैठे हैं
और वहाँ हमसे बहुत राहे-रवां[1] बैठे हैं

नशा ग़फ़लत[2] का है इतना कि नहीं सूझता कुछ
आये किस जाए[3] से हम, और यहाँ बैठे हैं

यां रहा नामो-निशां किसका, बहुत से नामी
अपना खेड़े[4] में लिये नामो-निशां बैठे हैं

पासे-आदाब[5] है, क्योंकर न रहे शम्आ खड़ी
कि तेरी बज़्म में हम सोख़्ता-जां[6] बैठे हैं

इस्तेक़ामत[7] की नहीं, जा[8] है ये मंज़िल कि यहाँ
सारे बरदाश्ता-दिल[9] पीरो-जवां[10] बैठे हैं

उट्ठे हैरतज़दा[11] इस बज़्म से क्या जूं-तस्वीर[12]
कि जहाँ उनको बिठाया है, वहाँ बैठे हैं

---

1. यात्री 2. बेसुधी 3. स्थान 4. घेरा 5. शिष्टाचार 6. दिलजले 7. बड़प्पन 8. स्थान 9. दिलजले 10. वृद्ध और जवान 11. आश्चर्यचकित 12. चित्र-जैसा।

ऐ 'ज़फ़र' बारिशे-गिरिया[13] तेरा क्या तूफ़ां है
आज इस कूचे में कितने ही मकां बैठे हैं

---

13. आसुओं की बरसात।

48

दिल अपना उस पे जो शैदा[1] हुआ, तो ऐसा हुआ
सुना हर इक ने, ये चर्चा हुआ, तो ऐसा हुआ

रहा खटकता रक़ीबों की[2] आँख में आशिक़
अगर वो सूख के काँटा हुआ, तो ऐसा हुआ

दिया दम ऐसा कि दम[3] ही निकल गया दम[4] में
वो मेरे हक़ में मसीहा हुआ, तो ऐसा हुआ

डुबोया मुझको, बुझाई न मेरे दिल की आग
रवां जो दरिया-ए-गिरिया[5] हुआ, तो ऐसा हुआ

ये ज़ोफ़[6] है, नहीं उठ सकता सर भी तकिये से
मरीज़े-ग़म तेरा अच्छा हुआ, तो ऐसा हुआ

तमाम उम्र 'ज़फ़र' हम रहे परेशां-हाल
किसी की जुल्फ़ का सौदा हुआ, तो ऐसा हुआ

---

1. फ़िदा 2. दुश्मनों की 3. प्राण 4. पल-भर 5. आँसुओं की नदी 6. हाल।

49

दिल का आईना जब सफ़ा देखा
वो जो पिन्हाँ[1] था, बरमला[2] देखा

क्या कहूँ बुतकदे[3] में क्या देखा
जत्व-ए-कुदरते-ख़ुदा[4] देखा

तू वो यकता[5] है, तेरी सूरत का
ना सुना है, ना दूसरा देखा

ये जहाँ है अजब तमाशागाह[6]
हर तमाशा यहाँ नया देखा

हमने राहे-वफ़ा में ग़ैर-अज-इश्क़[7]
कोई अपना न रहनुमा[8] देखा

ख़ाक दुनिया की सैर की हमने
यह तो इक यूं ही. वाब-सा देखा

---

1. छिपा हुआ 2. प्रकट 3. मन्दिर 4. ईश्वर की माया 5. अद्वितीय 6. तमाशाधर 7. प्रेम के सिवा 8. पथ-प्रदर्शक।

इश्क़ है या बला कि इसमें 'ज़फ़र'
एक आलम[9] को मुब्तिला[10] देखा

9. संसार 10. फंसा हुआ।

50

दिल की मेहमां सराय[1] ख़ाली है
तुम अगर आओ, जाए[2] ख़ाली है

नाला वो है जिसमें हो तासीर[3]
बेअसर इक सदा[4]-ए-ख़ाली है

मैं न थी तेरे जाम[5] में साक़ी
कौन उसे मुँह लगाये, ख़ाली है

चाहते क्या हो तुम फ़क़ीरों से
या फ़क़त[6] इक दुआ-ए-ख़ाली है

गर वो आता है ख़ाना-ए-दिल[7] में
उससे कह दो कि आये ख़ाली है

दीन-दुनिया के फ़ायदे से 'ज़फ़र'
नहीं दाना[8] को राय ख़ाली है

---

1. अतिथिगृह 2. स्थान 3. प्रभाव 4. आवाज़ 5. प्याला 6. केवल 7. दिल-रूपी घर 8. बुद्धिमान।

51

दिल है जो दर्द-आश्ना[1] ये भी किया उसी ने है
जान है जो ग़म में मुब्तिला[2] ये भी किया उसी ने है

हो के जो दिलबर, अदू करता है मुझसे गुफ़्तगू
मैं भी हूँ ख़ूब जानता, ये भी किया उसी ने है

पहले करम[3] था, अब सितम[4] करते नहीं गीला[5] प हम
वो भी किया उसी ने था, ये भी किया उसी ने है

किसकी है ताब[6] इस क़दर, दिल में करे तेरे असर
नाल-ए-दिल को मरहबा[7] ये भी किया उसी ने है

दिल जो मेरा रफ़ीक़ था, होता न था कभी जुदा
अब जो अलग वो हो गया, ये भी किया उसी ने है

करता था शाद[8] वस्ल से, अपने जो ऐ 'ज़फ़र' मुझे
हिज्र में हाल अब मेरा, ये भी किया उसी ने है

---

1. दुःख से परिचित 2. फंसा हुआ 3. कृपा 4. अत्याचार 5. शिकायत 6. ताक़त 7. शाबाशी 8. मित्र।

52

दो आलम[1] को हम मैपरस्ती[2] में भूले
मगर एक साग़र न मस्ती में भूले

बगूले की मानिन्द फिरते रहे हम
ख़याले-बुलन्दि-ओ-पस्ती[3] में भूले

जो हो इश्क़ रहबर, तो फिर कोई रस्ता
न जंगल में भूले, न बस्ती में भूले

उसे बुतकदा[4] काबा है, कुफ़्र[5] ईमां
ख़ुदा को जो न बुतपरस्ती[6] में भूले

वो मुफ़लिस[7] नहीं, उसको समझो तवंगर[8]
न औसान[9] जो तंग-दस्ती[10] में भूले

नहीं याद, क्या जाने, क्या था अदम[11] में
कि बिल्कुल बहम आके हस्ती में भूले

---

1. संसार 2. शराब पीना 3. ऊँच-नीच की कल्पना 4. संसार 5. नास्तिकता 6. सुन्दरता की पूजा 7. ग़रीब 8. अमीर 9. होश 10. ग़रीबी 11. परलोक।

फिरे मैकदा से चले ख़ानक़ाह[12] को
'ज़फ़र' राह मैकश[13] जो मस्ती में भूले

12. साधुओं के रहने का स्थान 13. शराबी।

53

न उस रुख़[1] पे ज़ुल्फ़े-परीशान[2] समझो
शबो-रोज़[3] दस्ती-गिरेबान[4] समझो

न समझो उसे जान ऐ हज़रते-दिल
अगर है समझ, दुश्मने-जान समझो

यही है, जो तुगयानी[5] अश्क़ों की अपने
तो फिर आज आया है तूफ़ान समझो

नहीं हक़परस्ती[6] से कम बुतपरस्ती[7]
अगर इश्क़ को दीनो-ईमान[8] समझो

समझते हो यूं बात कब तुम हमारी
अगर कुछ सुनो, खोलकर कान समझो

किसे लाओ ख़ातिर[9] में, तुम तो परी हो
जो इंसान हो, क़द्रे-इंसान[10] समझो

---

1. मुख 2. अस्त-व्यस्त केशराशि 3. दिन-रात 4. हाथ व कपड़ा 5. बाढ़ 6. ईश्वर की उपासना 7. मूर्तिपूजा 8. धर्म व विश्वास 9. मन 10. आदमी का मूल्य।

करो इश्क़बाजी 'ज़फ़र' तुम समझकर
ये है काम मुश्किल, न आसान समझो

54

नसीब अच्छे अगर बुलबुल के होते
तो क्या पहलू में कांटे गुल के होते

जो हम लिखते तुम्हारा वस्फ़े-गेसू[1]
तो मुसत्तर[2] तार से सुम्बुल[3] के होते

जो होता ज़र्फ़े[4] साक़ी हमको मालूम
तो मिन्नतकश[5] न जामे-मुल[6] के होते

जताते मस्त गर नाज़ुक-दिमाग़ी[7]
तो बरहम[8] शोर से कुलकुल[9] के होते

लगाते शम्आ-सी गर लौ न तुझसे
तो यूं आख़िर न हम धुल-धुल के होते

---

1. बालों की प्रशंसा 2. निरन्तर 3. एक प्रकार की घास 4. अहसानमन्द 5. मिन्नत करना 6. मदिरापात्र 7. नख़रे करने वाला 8. क्रोधित 9. बोतल से पानी निकलने की आवाज़।

न होते हज़रते-दिल पा-ब-ज़ंजीर[10]
जो सौदाई[11] न उस काकुल[12] के होते

---

10. पाँवों की बेड़ियाँ 11. पागल 12. बालों की लट।

55

नसीब ऐसा तो सोज़े-जिगर[1] किसी को न हो
कि जल के ख़ाक हो दिल और ख़बर किसी को न हो

जले रक़ीब[2] दिल उसका न मोम हो, ऐ आह
ये क्या किसी को तो होवे असर, किसी को न हो

जो एक ऐब हो, देखें हज़ार ग़ौर से यार
सितम[3] है लाख हुनर[4] पर नज़र किसी को न हो

तमाम सूद[5] है सौदा दुकाने-हस्ती[6] का
जो तुझसे हो नफ़ा सबको, ज़रर[7] किसी को न हो

हज़ार रंजो-अलम हों, तो सब गवारा[8] हैं
किसी का दर्द-जुदाई[9], मगर किसी को न हो

जो दाग़ दिल पे हो, तो ज़ख़्म हो जिगर पर भी
कि हो तो सबको, नहीं ऐ 'ज़फ़र' किसी को न हो

---

1. दिल की जलन 2. प्रतिद्वन्द्वी 3. अत्याचार 4. गुण 5. लाभ 6. जीवन-मूल्य 7. हानि 8. सहन 9. विरह का कष्ट।

56

नहीं जाता किसी से वो मरज़, जो है नसीबों[1] का
न क़ायल हूँ दवा का मैं, न क़ायल हूँ तबीबों[2] का

न शिकवा दुश्मनों का है, न है शिकवा हबीबों[3] का
शिकायत है तो क़िस्मत की, गिला है तो नसीबों का

हम अपने कुंजे-ग़म[4] में नाला-ओ-फ़रियाद[5] करते हैं
हमें क्या, गर चमन में चहचहा है अन्दलीबों[6] का

जो ज़ाहिर[7] पास हों दिन-रात, और वो दूर हों दिल से
बदीदों[8] से ज़ियादा हाल समझो, उन क़रीबों का

नहीं कालीनो-नमगीरा[9] से मतलब, ख़ाकसारी[10] को
ज़मीनो-आसमां है फ़र्शो-ख़ेमा इन ग़रीबों का

किया है बेअदब[11] ख़ालिक़[12] ने पैदा, ऐ 'ज़फ़र' जिनको
करे क्या फ़ायदा उनको, अदब[13] देना अदीबों[14] को

1. भाग्य 2. चिकित्सक 3. मित्र 4. दुःख का ढेर 5. करुण क्रन्दन 6. बुलबुल 7. प्रत्यक्षतः 8. दूर 9. विशेष प्रकार का जिम 10. विनम्रता 11. अशिष्ट 12. ईश्वर 13. शिष्टाचार 14. गुरु।

57

न तो कुछ कुफ़्र[1] है, न दीं[2] कुछ है
है अगर कुछ, तेरा यक़ीं[3] कुछ है

है मुहब्बत, जो हमनशीं[4] कुछ है
और इसके सिवा नहीं कुछ है

दैरो-काबा[5] में ढूंढता है क्या
देख दिल में कि बस, यहीं कुछ है

नहीं पस्तो-बुलन्द[6] यक्सां[7] देख
कि फ़लक[8] कुछ है और ज़मीं कुछ है

सरनिगूं[9] है, जो बाग़ में नर्गिस
तेरी आँखों में शर्मगीं[10] कुछ है

बर्क़[11] काँपे न क्योंकि तुझ में अभी
ताब[12]-ए-आहे-आतशीं[13] कुछ है

---

1. नास्तिकता 2. धर्म 3. विश्वास 4. दोस्त 5. मन्दिर और मस्जिद 6. ऊँचा-नीचा 7. एक समान 8. आकाश 9. नीचा सिर 10. लज्जित 11. बिजली 12. शक्ति 13. गरम आह

राहे-दुनिया[14] है अजब रंगारंग
कि कहीं कुछ है और कहीं कुछ है

14. संसार का मार्ग।

58

न दरवेशों[1] का ख़िरका[2] चाहिए, ना ताजे-शाहाना[3]
मुझे तो होश दे इतना, रहूँ में तुझ पे दीवाना

ग़नीमत[4] जान, जो दम[5] गुज़रे मस्ती[6] से गुलिस्तां[7] में
दिये जा साक़ी-ए-पैमा-शिकन[5] भर-भर के पैमाना[9]

न देखा वो कहीं जलवा[10] जो देखा ख़ाना-ए-दिल[11] में
बहुत मस्जिद में सर मारा, बहुत-सा ढूंढा बुतख़ाना

कहीं ऐसा हो, जिससे मंज़िले-मक़सूद[12] को पहुँचूं
तरीक़े-पारसाई[13] होवे, या हो राहे-रिन्दाना[14]

ये सारी आमदो-शुद[15] है, नफ़स[16] की आमदो-शुद पर
उसी तक आना-जाना है, न फिर आना, न फिर जाना

1. फ़क़ीर 2. स्थान 3. राजा का मुकुट 4. पर्याप्त 5. क्षण 6. आराम 7. बाग़ 8. वादा तोड़ने वाला 9. प्याला 10. दृश्य 11. हृदय-रूपी घर 12. निर्दिष्ट स्थान 13. फ़क़ीरों का ढंग 14. मस्ती की राह 15. आना-जाना 16. सांस।

'ज़फ़र' वो ज़ाहिदे-बेदर्द[17] की हू-हक़[18] से बेहतर[19] है
करे गर रिन्द[20] दर्द-दिल से हाव-व-हूए-मस्ताना

17. बेदर्द फकीर 18. ईश्वर-प्राप्ति हेतु विलाप 19. अच्छा 20. शराबी।

59

बसा आँखों में वो प्यारा कुछ ऐसा है कि क्या कहिये
तसव्वुर[1] बंध रहा उसका कुछ ऐसा है कि क्या कहिये

हमें क्या काम, जो नाहक़[2] सहारा ग़ैर का ढूंढे
सहारा या ख़ुदा ही का कुछ ऐसा है कि क्या कहिये

बला से गर नहीं है साया-ए-बालेहुमा[3] सर पर
तेरी दीवार का साया कुछ ऐसा है कि क्या कहिये

वो है पेशे-नज़ार[4] और फिर नज़र आता नहीं हरगिज़
पड़ा ग़फ़लत[5] का इक पर्दा कुछ ऐसा है कि क्या कहिये

मज़ा जो कुछ कि इस बाक़ी-मुहब्बत में है, बेदर्दों
वो हमसे पूछते हो क्या, कुछ ऐसा है कि क्या कहिये

'ज़फ़र' दुनिया-ए-फ़ानी[6] वाब का-सा एक आलम है
मगर इस वाब में देखा कुछ ऐसा है कि क्या कहिये

---

1. ख़याल 2. व्यर्थ ही 3. हुमा नामक पक्षी का साया (कहा जाता है कि इस पक्षी का साया जिस व्यक्ति पर पड़ जाता है वह बादशाह बन जाता है।) 4. आँखों के सामने 5. भ्रम 6. नश्वर संसार।

60

बहरे-ग़म[1] में दस्तो-पा[2] इक उम्र मारे जायेंगे
इस किनारे से कहीं जब उस किनारे जायेंगे

कुछ इशारा है उधर का, जो किया है हमने क़स्द[3]
हम नहीं हैं वह कि उनके बे-इशारे जायेंगे

तू जलाता है हमें, पर देखना ऐ माहवश[4]
आसमां तक अपनी आहों के शरारे[5] जायेंगे

आश्नाई गर जतायेंगे तुझे, ऐ बहरे-हुस्न[6]
एक दिन हम पार दरिया के उतारे जायेंगे

कोई हसरत ऐ फ़लक अपनी निकलने की नहीं
साथ ही ज़ेरे-जमीं[7] अरमान सारे जायेंगे

कल तो कहते थे 'ज़फ़र' के घर नहीं जायेंगे, फिर
आज हैं कुछ मेहरबा, कहते हैं बारे जायेंगे

---

1. दुखों का समुद्र 2. हाथ-पाँव 3. इरादा 4. रूपसी 5. चिनगारियाँ 6. सौन्दर्य के सागर 7. क़ब्र में।

61

बिन तेरे, ऐ रखें-गुल रश्क़े-बहार[1]
नोके-सब्ज़ा[2] चश्म में है नोके-ख़ार[3]

दाग़बर-दिल[4] हूँ मैं सोज़े-हिज्र से
क्या ख़ुश आये मुझको सैरे-लालाज़ार[5]

मैं हूँ आवारा बरंगे-इए-अग्र[6]
एक जा[7] हरगिज़ नहीं मुझको क़रार

होता उस गुल को नहीं मुतलक़[8] असर
मिस्ले-बुलबुल[9] कर चुका नाला हज़ार

दम है आँखों में और इस पे अब तलक
मिस्ले-नरगिस-वा[10] है चश्मे-इन्तज़ार

कब तलक तेरी जुदाई में रखूं
आब[11] के मानिन्द रंगी अश्कबार[12]

---

1. वसन्त को लज्जित करने वाला 2. घास 3. काँटा 4. हृदय के दाग़ 5. बाग़ की सैर 6. फूल की सुगन्ध की भाँति 7. एक जगह 8. बिल्कुल 9. बुलबुल की तरह 10. नर्गिस के फूल की भाँति खुला हुआ 11. बादल 12. आँसू बहानेवाला।

ऐ 'ज़फ़र' उससे नहीं कहता कोई
जा के इतना भी कि सुन ओ गुल-आज़ार[13]

13. फूलों-जैसे गालों वाला।

62

बुतों ने न कीं आशनाई[1] की बातें
कही और सारी ख़ुदाई[2] की बातें

नहीं तुमको लाज़िम[3] बुराई की बातें
भलों को है ज़ेबा[4] भलाई की बातें

ग़ज़ब है कि दिल में तो रक्खो कुदरत[5]
करो मुँह पे हमसे सफ़ाई की बातें

जो करते हो तुम दिलरुबाई[6] का दावा
कुछ आती भी हैं दिलरुबाई की बातें

नहीं बात कोई भी तुमसे वफ़ा की
सितमगर हैं सब बेवफ़ाई की बातें

शबे-वस्ल[7] भी मुझको रोते ही गुज़री
जो याद आयीं रोज़े-जुदाई[8] की बातें

---

1. मित्रता 2. संसार 3. आवश्यक 4. उचित 5. द्वेष 6. प्रेम करना 7. मिलन की रात।

'ज़फ़र' दिल में बसती है रिन्दी-ओ-मस्ती
न मुँह से बना पारसाई[9] की बातें

8. विरह की रात 9. साधुपन।

63

मंज़िले-मक़्सूद[1] तक हिम्मत मुझे पहुँचायेगी
और या ऐ दिल मेरी क़िस्मत मुझे पहुँचायेगी

उड़ के मैं पहुँचूंगा दामन तक तेरे मिस्ले-ग़ुबार[2]
देखना बे-ताक़ती[3] ताक़त मुझे पहुँचायेगी

तल्ख़कामी[4] से ही अपनी हूँगा शीरीकाम[5] मैं
तल्ख़ि-ए-अन्दोहे-ग़म[6] शर्बत मुझे पहुँचायेगी

वस्ल में हर्गिज़ न होता शाद[7] गर मैं जानता
रंज आख़िर को तेरी फ़ुर्सत[8] मुझे पहुँचायेगी

गर रहे हमराह ऐ ज़ाहिद हवा-ए-बुतकदा[9]
ख़ूब काबा[10] तक यह कैफ़ीयत[11] मुझे पहुँचायेगी

---

1. निश्चित स्थान 2. धूल की तरह 3. ताक की कमी 4. कड़वाहट 5. स्वस्थ 6. दुःख की अधिकता 7. प्रसन्न 8. विरह 9. मन्दिर का वातावरण 10. एक प्रसिद्ध मुस्लिम तीर्थस्थान 11. हालत।

रंज देता है 'ज़फ़र' आराम अकबा[12] का सवाब[13]
आख़िरश[14] मेहनत मेरी राहत मुझे पहुँचायेगी

12. भविष्य 13. पुण्य 14. अन्त में।

64

मिज़ग़ा[1] से किसके चुभ गये नश्तर[2] जिगर के पास
रौज़न[3] जो सैकड़ों हैं, बराबर जिगर के पास

खींचा कशिश[4] ने दिल की, जो क़ातिल के हाथ को
पहुँचा है सीना चीर के, ख़ंजर जिगर के पास

ढूँढू हूँ क्या कि सीने में है उसके तीर का
इक घर है दिल के पास, तो इक घर जिगर के पास

दोनों गुदाज़-इश्क़[5] से बह जायें हो के आब[6]
आहन[7] जो दिल के पास हों, पत्थर जिगर के पास

दिल-सोज़[8] है, कोई न जिगर-सोज़ इस क़दर
भटके जो दिल के पास कि दम-भर जिगर के पास

आये शरर[9] जिगर से निकल, दिल के मुत्तसिल[10]
या शोला पहुँचे दिल से निकलकर जिगर के पास

---

1. पलकें 2. सुई 3. छिद्र 4. आकर्षण 5. प्रेमाग्नि 6. पानी 7. लोहा 8. दिल जलाने वाला 9. चिनगारी 10. निकट।

दिल में तो कुछ नहीं है, दमो-दूद[11] ऐ 'ज़फ़र'
इक आह रह गयी है, फ़क़त[12] हर जिगर के पास

11. ताक़त व धुआं 12. केवल।

65

मिलाये ख़ाक में गर वो सितम-शआर[1] मुझे
बला से समझे अगर अपना ख़ाकसार मुझे

वो गरचे दुश्मने-सबो-क़रार है, लेकिन
न देखूं जब तलक उसको, नहीं क़रार मुझे

शुमार[2] हो न सके जिनका ता-ब-रोज़ शुमार[3]
दिये फ़लक ने हैं वो दाग़ बेशुमार मुझे

वफ़ूरे-गिरिया[4] ने मेरे बचा लिया, वरना
जला चुकी थी मेरी आह शोलाबार[5] मुझे

खुली हुई हैं मेरी ज़ेरे-ख़ाक[6] भी आँखें
किसी का आह यहाँ तक है इन्तिज़ार मुझे

मज़ा तो ये है कि होते हैं वो जो मुझसे ख़फ़ा
तो और आता है उन पर ज़ियादा प्यार मुझे

---

1. अत्याचारी 2. गिनती 3. प्रलय के दिन तक 4. आँसुओं की अधिकता 5. गरम आहें 6. क़ब्र में।

‘ज़फ़र’ जहाँ में करूँ किसको राज़दार[7] अपना
कि इश्क़ में नहीं अपना भी एतबार[8] मुझे

---

7. भेदिया 8. भरोसा।

66

मुँह नज़र आवे न क्योंकर आँख में उस यार का
आँख अपनी बन गयी है आईना दीवार का

पास अबरू[1] के मुरस्साकार[2] है, टीका[3] कहाँ
है मियां क़ब्ज़ा[4] जड़ाऊ यार की तलवार का

ज़ज़्ख्मे-दिल को साफ़ करता है ख़याले-ख़ते-सब्ज़[5]
चारागर मरहम न रख, बेफ़ायदा ज़ंगार[6] का

गर मेरी मिज़गाने-तर[7] बरसाये मोती एक बार
नाम धो डाले जहाँ से अब्र[8] गौहरबार[9] का

देखना, झांका कहीं वो मेहवश[10] शायद कि है
तारा ए, [11] सुन्हे-क़यामत[12] रौज़न[13] उस दीवार का

---

1. भवें 2. जड़ा हुआ 3. एक गहना 4. मूठ 5. दाढ़ी-मूँछ के नये-नये उगे हुए बाल 6. मोर्चा 7. भीगी हुई पलकें 8. बादल 9. मोती बरसाने वाली 10. सुन्दर 11. सितारे 12. प्रलय के दिन की सुबह 13. खिड़की।

मह्व-हैरत[14] क्यों न हों वो ऐ 'ज़फ़र' आईनावार[15]
देखने वाला हो, जो उस आईना रुख़सार[16] का

14. आश्चर्यचकित 15. दर्पण की भाँति 16. गाल।

67

मेरा दिल तूने क्यों छोड़ा, तेरा घर तो इस जा[1] था
मकां पर्दे का ऐ पर्दानशीं[2] गर था, तो इस जा था

वफ़ा की राह थी मुश्किल, उसे भी तय किया हमने
कि मंज़िल में मुहब्बत के, अगर डर था, तो इस जा था

उठाया ऐ फ़लक क्यों तूने हमको कूए-जानां[3] से
मुनासिब[4] ख़ाकसारों के जो बिस्तर था, तो इस जा था

गये दुनिया से जब शाहो-गदा[5] दोनों हुए यकसां[6]
कि कोई साहिबे-ज़र[7] कोई बे-ज़र[8] था, तो इस जा था

लगे जिस दम निकलने चश्मे-तर से अश्क के मोती
खुला हम पे कि पिनहां[9] गंजे-गौहर[10] था, तो इस जा था

हमें जन्नत में भी मैख़ाना[11] याद आयेगा, ऐ साक़ी
कि है जो ऐश, वो हमको मयस्सर[12] था, तो इस जा था

---

1. जगह 2. परदा करने वाली 3. प्रिय की गली 4. उचित 5. राजा व रंक 6. एक समान 7. धनी 8. निर्धन 9. दिया हुआ 10. मोतियों का ख़ज़ाना 11. मधुशाला 12. उपलब्ध।

'ज़फ़र' आराम से बैठेगा, जाकर उसके कूचे[13] में
नहीं होवेगा वां मुज़तर[14] कि मुज़तर था, तो इस जा था

13. गली 14. परेशान।

68

मेरी आँख बन्द थी जब तलक वो नज़र में नूरे-जमाल[1] था
खुली आँख तो न ख़बर रही कि ये वाब था कि ख़याल था

ये कहो कि तस्वीरे यार को कहूँ क्यों न ख़िज्रे-ख़िजस्ता पै[2]
कि यहीं तो दस्ते-फिराक[3] में मुझे रहनुमाए-विसाल[4] था

मेरे दिल में था कि कहूँगा मैं जो ये दिल पे रंजो-मलाल[5] है
वो जो आ गया मेरे सामने तो न रंज था, न मलाल था

वो है बेवफ़ा, वो है पुरजफ़ा[6] वहाँ लुत्फ़ कैसा, वफ़ा कहाँ
फ़क़त[7] अपना वहमो[8] ख़याल था ये ख़याल गर जो मुहाल[9] था

'ज़फ़र' उससे छूट के जस्त[10] की तो ये जाना हमने कि वाक़ई[11]
फ़क़त एक खैदे-ख़ुशी[12] ही थी न कफस[13] था कोई, न जाल था

1. सौन्दर्य की चमक 2. दूसरों के लिए कष्ट उठाने वाला एक देवता 3. बिछोह का जंगल 4. मिलन का मार्ग दिखाने वाला 5. दु:ख 6. कष्टदायी 7. बस 8. भ्रम 9. कठिन काम 10. कूदकर भागना 11. सचमुच 12. मस्ती 13. क़ैद।

69

यही एक ग़म है, यही एक अलम[1] है
यही एक अलम है, यही एक ग़म है

मेरी चश्मे-नम[2] है, इसी रंजो-ग़म में
इसी रंजो-ग़म में, मेरी चश्मे-नम है

मुझे दम बदम है, यही इक तरद्दुद[3]
यही इक तरद्दुद, मुझे दम बदम[4] है

ख़फ़ा क्यों सनम है, नहीं भेद खुलता
नहीं भेद खुलता, ख़फ़ा क्यों सनम है

सितम[5] ही करम[6] है, मुझे उस सनम का
मुझे उस सनम का, सितम ही करम है

किया कब रक़म[7] है, कोई शिकवा मैंने
कोई शिकवा मैंने, किया कब रक़म है

---

1. दुःख 2. भीगी हुई आँखें 3. चिन्ता 4. प्रतिक्षण 5. अत्याचार 6. कृपा 7. लिखा हुआ।

वो करता क़लम[8] है, मेरे हाथ नाहक़
मेरे हाथ नाहक़, वो करता क़लम है

'ज़फ़र' क्या सितम है, हुआ दोस्त दुश्मन
हुआ दोस्त दुश्मन, 'ज़फ़र' क्या सितम है

---

8. काटना।

70

या तो वो रखते थे सरगोशी[1] हमीं से इस क़दर
या लगी होने सुख़नपोशी[2] हमीं से इस क़दर

हमको पास[3] इतना न हो, हर बात पर पहलू वही
और तुम्हें नंगे-हमआग़ोशी[4] हमीं से इस क़दर

होश में आओ, हमें कहते हो तुम बेहोश हो
क्यों मियां दिल-होश बेहोशी हमीं से इस क़दर

जूं ओ-बुलबुल इस चमन में सब हैं हँसते-बोलते
सीखी इक ग़ुंचे ने ख़ामोशी हमीं से इस क़दर

कहती हैं वो मस्त आँखें साग़रे-मय से कि देख
तुझ में है मस्ती-ओ-बेहोशी हमीं से इस क़दर

चश्म-वा[5] हैं हसरते-दीदार में मुद्दत से हम
ऐ तसव्वुर[6] वाह! रूपोशी[7] हमीं से इस क़दर

---

1. बातचीत 2. बात को छिपाना 3. ख़याल 4. गोद में लेना 5. खुली हुई आँखें 6. कल्पना 7. मुँह छिपाना।

नकहते-गुल[8] जो सफ़र करती है बे रख़ते-सफ़र[9]
ऐ 'ज़फ़र' सीखी सुबुकदोशी[10] हमीं से इस क़दर

8. फूल की सुगन्ध 9 यात्रा का सामान के बिना 10. ज़िम्मेदारी से अलग होना।

71

या मुझे अफ़सरे-शाहाना[1] बनाया होता
या मुझे ताजे-गदायाना[2] बनाया होता

ख़ाकसारी[3] के लिए गर्चे बनाया था मुझे
काश ख़ाके-दरे-जानाना[4] बनाया होता

नशा-ए-इश्क़[5] का गर ज़र्फ़[6] दिया था मुझको
उम्र का तंग न पैमाना बनाया होता

दिल-ए-सद्चाक[7] बनाया, तो बला से, लेकिन
ज़ुल्फ़े-मुश्क़ी[8] का तेरे शाना[9] बनाया होता

था जलाना ही अगर दूरि-ए-साक़ी से मुझे
तो चराग़े-दरे-मैख़ाना बनाया होता

क्यों ख़िरदमन्द[10] बनाया, न बनाया होता
आपने ख़ुद का ही दीवाना बनाया होता

---

1. उच्चाधिकारी 2. सन्तों-जैसा 3. नम्रता 4. प्रिय के द्वार की धूल 5. प्रेम का नशा 6. शौक़ 7. सौ जगह से कटा-फटा 8. घुंघराले बाल 9. कन्या 10. बुद्धिमान।

रोज़ मात-ए-दुनिया[11] में ख़राबी है 'ज़फ़र'
ऐसी बस्ती को तो, वीराना बनाया होता

11. भरा-पूरा संसार।

72

यार के सब क़रीब रहते हैं
दूर हम बेनसीब[1] रहते हैं

फ़ौजे-हसरत[2] में नाला-ओ-आह
बस, यही दो नक़ीब[3] रहते हैं

दश्ते-ग़ुर्बत[4] में रहते हैं जो लोग
वह हमीं-से ग़रीब रहते हैं

हम किसी गुल के इश्क़ में नाला[5]
रविश-ए-अन्दलीब[6] रहते हैं

मेरे उनके मुआमले बाहम[7]
क्या कहूँ, कुछ अजीब रहते हैं

हों वो तनहा, तो कुछ कहूँ मैं 'ज़फ़र'
साथ उनके रक़ीब[8] रहते हैं

---

1. अभागे 2. इच्छा-रूपी सेना 3. बहादुर 4. परदेश का जंगल 5. परदेशी 6. बुलबुल की भाँति 7. परस्पर 8. प्रतिद्वन्द्वी।

73

ये कहना है ग़लत, चुपके रहे से कुछ नहीं होता
दिला[1] है सब्र ही बेहतर, कहे से कुछ नहीं होता

कहाँ तक चुप रहूँ, चुपके रहे से कुछ नहीं होता
कहूँ, तो क्या कहूँ उनसे, कहे से कुछ नहीं होता

शगुफ़्ता[2] हो गुलो-बुलबुल से तुझ बिन क्या चमन में दिल
हँसी से उसकी, उसके चहचहे से कुछ नहीं होता

हमारा सोज़े-दिल कम हो चुका गिरिया से, ऐ आँखों
बहे आँसू तो क्या, गिरिया बहे से कुछ नहीं होता

मज़ा जब हो कि सारा मैकदा ख़न्दां[3] हो ज़ाहिद पर
सुराही के फ़क़त[4] इक क़हक़हे से कुछ नहीं होता

फ़रोग़े-हुस्न[5] है उसका, वही जो रुख़[6] पे ख़त[7] आया
अंधेरा या तो सूरज के गहे[8] से कुछ नहीं होता

---

1. ऐ दिल 2. खिला हुआ 3. हँसना 4. केवल 5. सौन्दर्य-वृद्धि 6. मुख 7. दाढ़ी के बाल 8. डूबना।

नहीं मुमकिन कि आये रहम उसको ऐ 'ज़फ़र' मुझ पर
सहूँ उसके सितम क्या मैं, सहे से कुछ नहीं होता

74

रखता है मुहब्बत दिले-नाशाद[1] तुम्हारी
क्या ज़िक्र कि ये भूले कभी याद तुम्हारी

हम सहते हैं बेदाद[2] पे बेदाद तुम्हारी
लेकिन नहीं करते कहीं फरियाद तुम्हारी

ऐ ग़ाफ़िलो! मानिन्दे-हुबाब[3] एक नफ़स[4] में
मिट जाओगे तुम, कुछ नहीं बुनियाद[5] तुम्हारी

समझा न तुम्हें हज़रते-दिल, उसने हवा वाह[6]
मेहनत हुई सारी यूं ही बरबाद तुम्हारी

ऐ बुलबुलों! इतना न करो गुल[7] कि मुबादा[8]
दुश्मन हो सिवा[9] जान का सैयाद[10] तुम्हारी

मुँह देखे है यूं आईना हसरत से हमारा
हम जिससे 'ज़फ़र' कहते हैं रूदाद[11] तुम्हारी

---

1. दुखी हृदय 2. अन्याय 3. बुलबुले की भाँति 4. क्षण 5. नींव 6. दिल बहलाने वाले 7. शोर 8. ऐसा न हो 9. अधिक 10. शिकारी 11. कथा।

75

रात-भर मुझको ग़मे-यार ने सोने न दिया
सुब्ह को ख़ौफ़े-शबे-तार[1] ने सोने न दिया

शमा की तरह मुझे रात कटी सूली पर
चैन से यादे-क़दे-यार[2] ने सोने न दिया

यूं कराह दर्द के साथ तेरा बीमारे-अलम[3]
किसी हमसाये[4] को बीमार ने सोने न दिया

ऐ दिले-ज़ार[5] तू सोया किया आराम से रात
मुझे पल-भर भी दिले-ज़ार ने सोने न दिया

सोऊँ मैं क्या कि मेरे पाँव को भी ज़िन्दां[6] में
आरज़ू-ए-ख़लिश-ए-यार[7] ने सोने न दिया

यासो-ग़म[8] रंजी-तअब[9] मेरे हुए दुश्मने-जां
ऐ 'ज़फ़र' शब[10] इन्हीं दो-चार ने सोने न दिया

---

1. अंधेरी रात का डर 2. प्रिय की ऊँचाई 3. ग़म में बीमार 4. पड़ोसी 5. दुखी हृदय 6. क़ैद 7. कांटे की चुभन की इच्छा 8. दुःख व निराशा 9. दुःख-दर्द 10. रात।

76

रोये जो दिल को खोलकर, टुकड़े जिगर होने लगा
और जब रोने को रोका, दर्द-सर होने लगा

हो गये वो और भी हमसे कशीदा[1] वाह-वाह
तेरा, ऐ दिल की कशिश[2] उलटा असर होने लगा

कुछ ख़बर क़ासिद[3] ने दी ऐसी कि सुनते ही जिसे
दिल से मैं, मुझसे मेरा दिल बेख़बर होने लगा

ज़ुल्फ़ को छेड़ा हवा ने, इसमें क्या मेरी ख़ता[4]
मुझसे बरहम[5] किसलिए तू इस क़दर होने लगा

हमने कहकर अपना हाले-दिल, दिया सबको रुला
हर तरफ़ रूमाल-पर-रूमाल तर होने लगा

कूचा-ए-जाना[6] में जाना ही पड़ेगा, हो, सो हो
क्या करूँ, बेताब दिल फिर ऐ 'ज़फ़र' होने लगा

---

1. क्रुद्ध 2. खिचाव आकर्षण 3. सन्देशवाहक 4. कुसूर 5. उथल-पुथल करना 6. प्रिय की गली।

77

लगता नहीं है दिल मेरा उजड़े दयार[1] में
किसकी बनी है आलमे-नापायेदार[2] में

बुलबुल को बाग़बां[3] से, ना सैयाद से गिला
क़िस्मत में क़ैद थी लिखी फ़स्ले-बहार[4] में

इन हसरतों से कह दो, कहीं और जा बसे
इतनी जगह कहाँ है दिले-दाग़दार[5] में

इक शाख़े-गुल पे बैठ के बुलबुल है शादमां[6]
काँटे बिछा दिये हैं दिले-लालाज़ार[7] में

उम्रे-दराज़[8] माँग के लाये थे चार दिन
दो आरज़ू में कट गये, दो इन्तज़ार में

दिन ज़िन्दगी के ख़त्म हुए, शाम हो गयी
फैला के पाँव सोयेंगे कुंजे-मज़ार[9] में

---

1. उजड़ी हुई दुनिया 2. नश्वर संसार 3. माली 4. वसन्त ऋतु 5. घायल हृदय 6. दुखी 7. सुर्ख़ियाँ बिखरेता हृदय 8. लम्बी आयु 9. क़ब्र के कोने में।

है इतना बदनसीब 'ज़फ़र' दफ़्न के लिए
दो गज़ ज़मीन भी न मिली कूए-यार[10] में

---

10. प्रियतम की गली।

78

लाख चाहत को छिपाये कोई, पर छिपती नहीं
प्यार की आँख और उल्फ़त की नज़र छिपती नहीं

हो गया हर अश्क क़ासिद[1] बन गया हर नाला पैक[2]
बेख़बर क्योंकर छिपे, दिल की ख़बर छिपती नहीं

क्या करें ज़ेरे-कफ़न[3] भी शोला-ए-फ़ानूस[4] वार
दिल की सोज़िश[5] अपनी ऐ रश्के-क़मर[6] छिपती नहीं

परदा-ए-रंगे-हिना में तू छिपाता है निगार[7]
पर हमारी सुर्ख़िए-ख़ूने-जिगर छिपती नहीं

गर्चे इत्रो-मुश्को-अम्बर[8] का है मज्मूआ[9] तो क्या
उसकी बूए-ज़ुल्फ़-ए-बादे सहर छिपती नहीं

अश्क भी हम पी गये और चाह भी की हमने ज़ब्त[10]
ज़र्दिए-रुख़्सार[11] ऐ नासेह[12] मगर छिपती नहीं

---

1. सन्देशवाहक 2. तीर 3. कफ़न के नीचे 4. फ़ानूस की लपट 5. जलन 6. चाँद को लज्जित करने वाला 7. सुन्दरी 8. सुगन्ध 9. ढेर 10. रोकना 11. गालों का पीलापन 12. उपदेशक।

बर्क़[13] ही थी, जो चमक कर अब्र[14] में फिर छिप गयी
ज़ेरे-मूए-जुल्फ़[15] वह ताबे-कमर[16] छिपती नहीं

13. बिजली 14. बादल 15. बालों के नीचे 16. कमर की चंचलता।

79

लोग कहते हैं कि वह तुमसे करीं[1] रहते हैं
वाह री बेख़बरी, हम भी यहीं रहते हैं

रहते इक जा नहीं आइल[2] तेरे जूं ख़ुरशीद[3]
सुबह रहते हैं कहीं, शाम कहीं रहते हैं

दिल में बसते हैं हमारे वो सनम काफ़िर-केश[4]
ख़ाना-ए-काबा[5] में वह दुश्मने-दीं[6] रहते हैं

साथ ले जाते हैं जो ख़ाक में बेताबी-ए-दिल[7]
ख़ाक आराम से वह ज़ेरे-ज़मीं[8] रहते हैं

वुसअत-आबाद-जहाँ[9] में है जिन्हें ख़्वाहिश-नाम
घर में भी तंग वह मानिन्दे-नगीं[10] रहते हैं

बह्र[11] पर मौज[12] को क्या ख़ाक गिने दरिया दिल[13]
अहले-बख्शिश[14] भी कहीं चीं-ब-जबीं[15] रहते हैं

1. पास 2. संन्यासी 3. सूर्य की भाँति 4. निर्दय प्रियतम 5. धाखमक स्थान 6. धर्म के शत्रु 7. दिल की बेचैनी 8. ज़मीन के नीचे 9. विस्तृत संसार 10. नगीने की भाँति 11. समुद्र 12. लहरें 13. उदार ह्रदय 14. दानी 15. क्रुद्ध।

शोरो-फ़र्याद से दिल हाय सितमकश कि 'ज़फ़र'
रोज़ हंगामे सरे-चर्ख़े-बरीं[16] रहते हैं

16. आसमान पर।

80

लोग तो हैं उसे सनम[1] कहते
बाख़ुदा[2] और कुछ हैं हम कहते

हो ज़्यादा कहीं न वो बरहम[3]
उससे हम हाले-दिल भी कम कहते

शम्आ-सी अपनी शब[4] गुज़रती है
क़िस्सा-ए-सोज़ो-दर्दो-ग़म[5] कहते

लब को कहते हैं मय, तो चश्म को हम
जामे-ज़हराब[6] हैं सनम कहते

सुरमा-आलूद[7] तेरी मिज़गां[8] को
हम तो हैं ख़ंजरे-दुदम[9] कहते

सफ़हए-चर्ख़[10] जब सियाह[11] किया
क्यों न हम आह को क़लम कहते

1. प्रिय 2. ईश्वर की सौगन्ध 3. क्रोधित 4. रात 5. व्यथा-कथा 6. ज़हर का प्याला 7. सुरमा लगी हुई 8. पलकें 9. दुधारी कटार 10. पुस्तक के पृष्ठ-जैसा आसमान।

ऐ 'ज़फ़र' दम[11] की है जो आमदो-शुद[12]
हे इसे हस्ती-ओ-अदम[14] कहते

11. काला 12. सांस 13. आना-जाना 14. जीवन-मृत्यु।

81

वह अभी हम पर जफ़ा करता है क्या
आगे-आगे देखना करता है क्या

यह मरीज़े-इश्क़ ज़ांबर[1] हो चुका
ऐ तबीब[2] इसकी दवा करता है क्या

दिल हज़ारों रोज़ ले जाता है तू
यह बता ऐ दिलरुबा[3] करता है क्या

है लबे-ज़ मे-जिगर[4] जुम्बिश[5] में क्यों
तेग़े-क़ातिल[6] को दुआ करता है क्या

तुझ पे करता है जो कोई जां फ़िदा
तू है मुंसिफ़[7] तो बुरा करता है क्या

दिल मेरा सुनता है किसके इश्क़ में
तू नसीहत नासेहा[8] करता है क्या

---

1. मृतक 2. चिकित्सक 3. प्रियतम 4. जिगर के घाव का मुँह 5. कम्पन 6. हत्यारे की कटार 7. इंसाफ़ करने वाला 8. उपदेशक।

अब तो दिल उस बुत को हमने दे दिया
ऐ 'ज़फ़र' देखें ख़ुदा करता है क्या

82

वहाँ की मुख़लिसी[1] ऐ वाये[2]-क़िस्मत हो, तो क्योंकर हो
कि मैं आलूदे-असियां[3] हूँ जो रहमत हो, तो क्योंकर हो

बजुज़ शर्मिन्दगी चश्मे-इनायत[5] हो, तो क्योंकर हो
कि बे-अश्क-नदामत[6] जोशे-रहमत हो, तो क्योंकर हो

जहाँ हो न स[7]-सा रहज़न, जहाँ शैतान हो दुश्मन
वहाँ ताअत[8] हो क्योंकर और इबादत हो, तो क्योंकर हो

ग़ुरूरे-जाँ[9] ने फूंकी वो मग़्ज़े-जां[10] में बेहोशी
किज़ायल[11]नश्शा-ओ-पिन्दारनिख़्वत[12]हो,तोक्योंकरहो

गरांबारी[13] गुनाहों को उठाने सर नहीं देती
इलाही क्या करूँ यह रफ़अ[14] ख़िज़लत[15] हो, तो क्योंकर हो

हवस कहती है चल यां से, है कहती हिर्स[16] ला वां से
तवक्कुल[17]हो,तोक्योंकरहो,क़नाअत[18]हो,तोक्योंकरहो

---

1. मुक्ति 2. खेद 3. पाप में डूबा 4. सिवा 5. कृपादृष्टि 6. लज्जा के आँसू 7. बुरी इच्छाएं 8. पूजा 9. पद का घमण्ड 10. दिमाग़ 11. नष्ट 12. घमण्ड का नशा 13. बोझ 14. पूरा होना 15. लज्जा 16. लोभ 17. बुरी नीयत 18. भरोसा व सन्तोष।

बरंगे-तायरे-तस्वीर[19] हूँ मैं दामे-हैरत[20] भई में
रिहाई की मेरे कोई जो सूरत हो, तो क्योंकर हो

19. चित्र के पंछी की भाँति 20. आश्चर्य का जाल।

83

वो जो तुम खाते हो ख़ुदा की क़सम
है दरोग़[1] ऐ बुतो, ख़ुदा की क़सम

फिरते हैं, मेह्रो-माह[2] सरगगर्दां[3]
है तेरी जुस्तजू[4] ख़ुदा की क़सम

खोल देते हैं मेरे नाल-ओ-आह
राज़े-पोशीदा[5] को ख़ुदा की क़सम

मेह्र क्या, ज़र्रा[6] क्या कि है सब में
जल्वा-ए-यारे-लौ ख़ुदा की क़सम

शमा में है वही तजल्लिए-नूर[7]
गुल में है वो ही बो[8] ख़ुदा की क़सम

ऐ 'ज़फ़र' उससे न कर ज़्यादा क़लाम[9]
कि वो है बुन्द-ख़ो[10] ख़ुदा की क़सम

---

1. झूठ 2. चाँद-सूरज 3. हैरान 4. तलाश 5. रहस्य 6. टुकड़ा 7. प्रकाश की चमक 8. सुगन्ध 9. बातचीत 10. बुरी आदतों वाला।

84

वो तीर और है, जिस तीर का फ़िगार[1] हूँ मैं
वो दाम[2] और है जिस दाम का शिकार हूँ मैं

निशान तेरे कफ़े-पा[3] का देखता हूँ जहाँ
तवाफ़[4] आँखों से करता हज़ार बार हूँ मैं

वो कारवां कि जो मंज़िल पे अपनी आ पहुँचा
उसी के पीछे रवां[5] सूरते-ग़ुबार[6] हूँ मैं

न मैं हूँ ताइरे-बिस्मिल[7] न माहि-ए-बे-आब[8]
इलाही क्या है, जो बेताबो-बेक़रार[9] हूँ मैं

समझते इश्क़ में बेहोशो-बेख़बर हैं मुझे
ख़बर नहीं कि ख़बरदारो-होशियार हूँ मैं

'ज़फ़र' हो क्यों न वो नाज़ुक-मिज़ाज[10] दामनकश[11]
कि ख़ाके-राहे-मुहब्बत हूँ ख़ाकसार हूँ मैं

---

1. आहत 2. जाल 3. पदचि 4. चक्कर 5. दौड़ता 6. धूल की भाँति 7. घायल परिन्दा 8. बिना जल की मछली 9. बेचैन 10. कोमल स्वभाव वाला 11. निष्ठुर।

85

शब हाथ हमारे जो मएनाब[1] न आयी
कैफ़ीयते-शे'रे[2] शबे-महताब[3] न आयी

सहरा[4] में घटाघोर पे हम बादाकशों[5] की
कब आयी कि बा-दीदा-ए-पुरआब[6] न आयी

जो मुल्क़े-अदम[7] से नहीं आया कोई हमदम
क्या याद उसे सोहबते-एहबाब[8] न आयी

खा ही रहा हल्क़ा[9] में दिले-ज़ुल्फ़ के चक्कर
किस रोज़ ये कश्ती सरे-गरदाब[10] न आयी

था हमको ख़याल, आयेगा वो ख़्वाब में, लेकिन
नींद आँखों में शबए दिले-बेताब न आयी

तेरे ख़मे-अबरू[11] में किया सज्दा जो हमने
बेहतर नज़र इससे कोई मेहराब[12] न आयी

1. शराब 2. शेर कहने का नशा 3. चाँदनी रात 4. जंगल 5. शराबी 6. भीगे हुए नेत्र 7. परलोक 8. मित्र 9. घेरा 10. भंवर के किनारे 11. भवों का टेढ़ापन 12. घुमाव।

देखा दिले-बेताब को अपने तो 'ज़फ़र' फिर
ख़ातिर[13] में मेरे माहिए-बे-आब[14] न आयी

---

13. हृदय 14. बिना जल की मछली।

86

शोला बुलन्द[1] होते ही उस रुख़[2] की ताब[3] का
रौशन हुआ फ़लक[4] पे चिराग़ आफ़ताब का

साक़ी को इक नज़र जो दिखाये वो चश्मे-मस्त
बदमस्त हो के फेंक दे साग़र शराब का

जो देखता हूँ दीद-ए-बेदार[5] ही से मैं
क़ायल न ख़्वाब का हूँ न ताबीरे-ख़्वाब[6] का

दरिया पे अपनी मौज में किस मय परस्त[7] ने
पीकर शराब, उलटा है साग़र शराब का

पी जाना इक बहाना था, मय[8] मेरे हाथ से
मंज़ूर था, उसी को उठाना हिजाब[9] का

आमाल[10] का गर अपने 'ज़फ़र' कीजिये हिसाब
हर रोज़ हो मुआमला रोज़े-हिसाब[11] का

---

1. लपकना 2. चेहरा 3. सामना 4. आसमान 5. जागती हुई आँखों से 6. स्वप्न का फल 7. शराबी 8. मदिरा 9. परदा 10. कर्म 11. प्रलय-दिवस।

87

सनम जैसा कि तू नामे-ख़ुदा[1] है दिलरुबाई में
न होगा दिलरुबा ऐसा कोई सारी ख़ुदाई[2] में

वो है आवारा-ओ-सरगश्ता[3] सहरा-ए-जुनूं में हम
ख़िज्र[4] गुमराह होता है जुनूं की रहनुमाई में

कहाँ है आईने को ताब[5] इतनी ऐ परीपैकर[6]
कि वो होवे मुक़ाबिल[7] तेरे आरिज़[8] से सफ़ाई में

न होते आश्ना तेरे, जो हमको ये ख़बर होती
कि तू हो जायेगा नाआश्ना, यूं आश्नाई में

असीराने-क़फ़स[9] ने दूर अपने बालों-पर तोड़े
हुआ हासिल[10] ठहरकर ये तमन्नाए रिहाई में

'ज़फ़र' होगा हिना[11] में जो निहा[12] है इस क़दर शोख़ी
किसी का ख़ूं मला उसने, मगर दस्ते-हिनाई में

1. महत्त्वपूर्ण 2. संसार 3. पागल 4. एक धर्मगुरु का नाम 5. शक्ति 6. रूपसी 7. समक्ष 8. गाल 9. बन्दीगृह 10 प्राप्त 11. मेहंदीका रंग 12. छिपा हुआ।

88

सब है तद्बीर की कही जाती
नहीं तक़्दीर की कही जाती

है तेरे अबरु-ए-ख़मीदा[1] पर
फब्ती शमशीर[2] की कही जाती

शक्ल तस्वीर किससे है कुछ बात
तेरी तस्वीर की कही जाती

तेरी ख़ाके-क़दम के आगे नहीं
ख़ूबी अक्सीर[3] की कही जाती

दास्तां[4] उसके सामने ऐ काश
किसी दिलगीर[5] की कही जाती

दहे-ज़ख़्म[6] गर ज़ुबां रखता
सिफ़त[7] उस तीर की कही जाती

---

1. टेढ़ी भवें 2. तलवार का उदाहरण 3. दवा 4. कहानी 5. दुखी 6. घाव का मुँह 7. प्रभाव।

पाते गर ख़ुश, तो कुछ 'ज़फ़र' उनसे
उफ़्[8] तक्सीर[9] की कही जाती

8. क्षमा 9. कुसूर।

89

साक़िया आज गुलिस्तां[1] में घटा अच्छी है
जाम दे दे कि जगह ख़ूब, हवा अच्छी है

नाज़ अच्छा, नज़र अच्छी है, अदा अच्छी है
तुझ में जो बात है, वह नामे-ख़ुदा[2] अच्छी है

बात जो तुझ को लगी मेरी बुरी, क्या बाइस[3]
वरना वह जिसने सुनी, उसने कहा अच्छी है

ऐ जफ़ाकार[4] इसी में है अगर ख़ुशी तेरी
तो वफ़ा से मेरे हक़ में ये जफ़ा अच्छी है

क्यों न ज़िन्दा[5] में हो ये सिलसिला ज़ाबाने-जुनूं[6]
लगती ज़ंजीर को कानों की सदा[7] अच्छी है

क़सरो-ऐवान[8] से क्या काम फ़क़ीरों को 'ज़फ़र'
कि जहाँ बैठ रहे, बस, वो ही जा[9] अच्छी है

---

1. बाग़ 2. परमात्मा की सौगन्ध 3. कारण 4. अत्याचारी 5. बन्दीगृह 6. पागलपन का वातावरण 7. आवाज़ 8. महल 9. जगह।

90

साक़िया मस्ते-अज़ल[1] को नहीं दरकार शराब
वो नशा और ही है, क्या है ये मुर्दार[2] शराब

ज़ेरे-मेहराब[3] दो अबरू[4] हैं, वो आँखें बदमस्त
आये मस्जिद में हैं, क्यों पी के ये मै वार[5] शराब

हम न क्योंकर पियें, ख़ूने-जिगर तनहाई में
तू पिये, हो के जो, हम-सोहबते-अग़्यार[6] शराब

फ़ाक़ामस्ती के मज़े, पूछे कोई मुफ़्लिस[7] से
पीते इस लुत्फ़ से हैं, काहे को ज़रदार[8] शराब

मैकशी का है यही बज़्मे-मुहब्बत में मज़ा
दिले-आशिक़ हो कबाब और लबे-यार[9] शराब

चश्मे-पानी[10] के करिश्मों से अजब क्या कि पिये
ज़ाहिदे-गोशानशीं[11] भी सरे-बाज़ार शराब

---

1. जो शुरू से ही मस्त हो 2. बेजान 3. मेहराब के नीचे 4. भवें 5. शराबी 6. ग़ैरों के साथ 7. ग़रीब 8. अमीर 9. प्रिय के होठ 10. भावनाओं की आँखें 11. कोने में बैठने वाला धर्मगुरु।

बात दिल की न कही, उस बुते-अय्यार[12] ने एक
ऐ 'ज़फ़र' हमने पिलायी उसे सौ बार शराब

12. जादूगरनी प्रियतमा।

91

साक़ी ने भरे मय से मैख़ाने के पैमाने[1]
मस्तों ने किये ख़ाली पैमाने के पैमाने

जो दीदए-आहू[2] हैं लबरेज़ा[3] मए वहशत[4]
हैं वास्ते वो तेरे दीवाने के पैमाने

सैयाद ख़ुदा से डर, क्यों करता है कम इनको
मुर्ग़ाने-क़फ़स[5] के हैं जो दाने के पैमाने

क्यों फोड़ता है ऐ दिल तू आबलों[6] को अपने
फिर ऐसे नहीं तेरे हाथ आने के पैमाने

इक घूंट नहीं लेते पैमाने से वो मेरे
और हाथ से हैं पीते बेगाने के पैमाने

दिल मेरा अगर कासए ग़म[7] खाने को है मेरे
तो आँख भी हैं आँसू पी जाने के पैमाने

---

1. मदिरापात्र 2. हरिण की ओंख 3. भरे हुए 4. उन्माद की मदिरा 5. बन्दीगृह के पंछी 6. फफोले 7. दुःख का पात्र।

है शम्आ 'ज़फ़र' प्यासी आशिक़ के लहू की, पर
भर सकते नहीं ख़ूं से परवाने के पैमाने

92

साथ हैं यूं तो हज़ारों दम[1] के आदमी
पर नहीं हमदम, बंटाने वाले ग़म के आदमी

वह ख़ुदा जाने कि होगा कैसा बेरहमी-शआर[2]
नाख़ुदा-तरस[3] इस क़दर हैं जिस सनम के आदमी

देखते हैं अपने दिल में जो तमाशा-ए-जहां[4]
होते हैं मोहताज कब वह जामे-जम[5] के आदमी

क्या ज़मीं दिलकश[6] है कूचे[7] की तेरे उट्ठे न फिर
जो मिसाले नक़्शे-पा[8] वां बैठे जम के आदमी

जो गया, फिरकर न आया और किससे पूछिये
रहते हैं किस हाल में मुल्क़े-अदम[9] के आदमी

है अबस[10] कोशिश फ़रोग़[11] इन्सां का है क़िस्मत के हाथ
जब तलक ताला[12] न चमकाये, न चमके आदमी

---

1. प्रकार 2. क्रूर स्वभाव वाला 3. ईश्वर से न डरने वाला 4. संसार का तमाशा 5. जमशेद का मदिरापात्र 6. आकर्षक 7. गली 8. पदचिन्ह की भाँति 9. परलोक 10. बेकार 11. उन्नति 12. भाग्य।

इश्क़ का कब बोझ उठता है फ़रिश्तों से 'ज़फ़र'
हैं उठाने वाले इस बारे-अलम[13] के आदमी

---

13. दुःखों का बोझ।

93

सुब्ह रो-रो के शाम होती है
शब तड़पकर तमाम होती है

सामने चश्मे-मस्त के साक़ी
किसको परवाह जाम[1] होती है

कोई ग़ुचां खिला कि बुलबुल को
बेकली[2] ज़ेरे-दाम[3] होती है

हम जो कहते हैं कुछ इशारों से
यह ख़ता ला-कलाम[4] होती है

थी जो ख़िदमत जुनूं की मजनूं को
सो वो अब मेरे नाम होती है

पानी-पानी[5] लबों से उसके 'ज़फ़र'
क्या मए लाला-फ़ाम[6] होती है

---

1. शराब की चिन्ता 2. परेशानी 3. जाल के नीचे 4. मूक 5. लज्जित होना 6. लाल रंग की शराब।

94

सोहबत तुम्हें जो ग़ैर से लैली-निहार[1] हो
पर मुझसे क्योंकर आपकी सोहबत[2] बरार[3] हो

वह एक दोस्त चाहे, तो परवा नहीं, अगर
दुश्मन हमारा एक से ले, ता हज़ार हो

सीने में दाग़े-इश्क़ को रहने दे चारासाज़[4]
शायद ये बादे-मर्ग[5] चराग़े-मज़ार[6] हो

दिल है वही पसन्द, जो तुझ पे फ़िदा[7] रहे
जां है वही अज़ीज़[8] जो तुझ पर निसार[9] हो

क्या हाल उसका हो कि तेरे जिस मरीज़ का
आँखों में दम हो और तेरा इन्तिज़ार हो

अख़्तर-शुमारियों[10] में ही तुझ बिन बसर[11] करूँ
हरचन्द[12] रात हिज्र की रोज़े-शुमार[13] हो

---

1. दिन-रात 2. मित्रता 3. संपूर्ण 4. चिकित्सक 5. मरणोपरान्त 6. कब का दीपक 7. न्योछावर 8. प्रिय 9. न्योछावर 10. तारे गिनना 11. गुज़ारा 12. चाहे जितना 13. प्रलय का दिन।

हूँ ख़ाके-राह[14] उसका, पर ऐसा न हो 'ज़फ़र'
मेरा ग़ुबार ख़ातिरे-नाज़ुक[15] पे वार[16] हो

14. राह की धूल 15. कोमल मन 16. बोझ।

95

हम तो चलते हैं, लो, ख़ुदा हाफ़िज़[1]
बुतकदे[2] से कहो ख़ुदा हाफ़िज़ा

कर चुके तुम नसीहतें हम को
जाओ बस नासेहो[3] ख़ुदा हाफ़िज़ा

आज कुछ और तरह पर उनकी
सुनते हैं गुफ़्तगो[4] ख़ुदा हाफ़िज़ा

गर यही हैं हमेशा ज़ख्म-पे- ज़ख्म
दिल का चारागरो[5] ख़ुदा हाफ़िज़ा

आज है कुछ ज़्यादा बेताबी[6]
दिले बेताब को ख़ुदा हाफ़िज़

क्यों हिफ़ाज़त[7] हम और की ढूंढ़ें
हर नफ़स[8] जबकि हो ख़ुदा हाफ़िज़

1. ईश्वर रक्षा करे 2. संसार 3. उपदेशक 4. बातचीत 5. उपचारक 6. बेचैनी 7. रक्षा 8. सांस।

चाहे रुख़सत[9] जो राहे-इश्क़[10] में अक़्ल
ऐ 'ज़फ़र' जाने दो ख़ुदा हाफ़िज़

9. विदाई 10. प्रेम का मार्ग।

96

हम नहीं वह, जो करें दिल से फ़रामोश[1] तुम्हें
जानते अपना हैं हम जाने-दम-ब-होश तुम्हें

चश्मे-मस्त अपनी जो दिखलाये वो मैनोश[2] तुम्हें
ज़ाहिदों होशो-ख़िरद[3] का न रहे होश तुम्हें

कर चुके आहो-फ़ुग़ाँ ज़ब्त[4] तुम ऐ हज़रते-दिल
दम-ब-दम गर है मुहब्बत का यही होश तुम्हें

शब-ए-फ़ुर्क़त[5] में भी रहते हो बग़ल में मेरे
रखते हैं अपने तसव्वुर[6] से हम-आग़ोश[7] तुम्हें

आँखें सुरमा से हैं आलूदा[8] तेरी, पूछ इनसे
किसके मातम ने किया है ये सियाहपोश[9] तुम्हें

शम्आ-सा[10] गो कि सरापा[11] हो ज़ुबां तुम लेकिन
देखता हूँ 'ज़फ़र' इस बज़्म में ख़ामोश तुम्हें

---

1. भुला देना 2. शराबी 3. बुद्धि 4. रोकना 5. विरह की रात 6. कल्पना 7. आलिंगन में 8. भरी हुई 9. काले वस्त्रों में 10. दीपक की भाँति 11. सिर से पाँव तक।

97

हमारी चश्म रही अश्कबार[1] बरसों तक
बरसते देखा न अब्रे-बहार[2] बरसों तक

तुम्हारे ज़ुल्मो-सितम का शुमार[3] हो न सके
करे अगर कोई उनको शुमार बरसों तक

रही न कोई निशानी पर उसका दाग़े-फ़िराक़[4]
हमारे पास रही यादगार बरसों तक

शराबे-वस्ल[5] जो होती है एक रोज़ा नसीब[6]
तो हमको उसका रहे है ख़ुमार[7] बरसों तक

असर न हो कभी उस गुल को मिस्ले-बुलबुल[8] हम
करें फ़िराक़[9] में नाले[10] हज़ार बरसों तक

मिला है ख़ाक में आख़िर उड़ा-उड़ाकर ख़ाक
तेरी गली में तेरा ख़ाकसार बरसों तक

---

1. आँसू बहाने वाली 2. वसन्त की बदली 3. गिनती 4. विरह का दुःख 5. मिलन की मदिरा 6. प्राप्त 7. नशा 8. बुलबुल की भाँति 9. जुदाई 10. रोना।

‘ज़फ़र’ बहार गुलों पर चमन में है दो रोज़ा
रहे है रौनक़े-रुख़सारे-यार[11] बरसों तक

11. प्रिय की गालों की चमक।

98

हमेशा है वस्लो-जुदाई[1] का धन्धा
बुतों की है उल्फ़त, ख़ुदाई[2] का धन्धा

अगर बैठें रिन्दों[3] की सोहबत में ज़ाहिद
तो सब छोड़ दें पारसाई[4] का धन्धा

जो होना है आख़िर वो होकर रहेगा
करे कौन बख़्त-आज़माई[5] का धन्धा

परीशां रही उम्र-भर पर न छोड़ा
तेरी ज़ुल्फ़ ने कजअदाई[6] का धन्धा

मुबारक रईसों को कारे-रियासत[7]
गदा[8] को है काफ़ी गदाई[9] का धन्धा

नहीं ख़िज़्र[10] के पीछे गर और झगड़े
तो है साथ इक रहनुमाई[11] का धन्धा

1. संयोग-वियोग 2. संसार 3. शराबी 4. आचार-विचार 5. भाग्य की परीक्षा 6. टेढ़ी चाल 7. राज्य का काम 8. फ़क़ीर 9. फ़क़ीरी 10. एक गुरु का नाम 11. पथ-प्रदर्शन।

'ज़फ़र' इससे बेहतर है नाआश्नाई[12]
कि मुश्किल है ये आश्नाई का धन्धा

12. शत्रुता।

99

हमें बिठला के तुम उठ जाते क्यों हो
भले होकर बुरे कहलाते क्यों हो

नहीं हस्ती[1] मक़ामे-बे-राहत[2]
तो इतने पाँव तुम फैलाते क्यों हो

बरंगे-गुल[6] हँसाते गर नहीं तुम
तो शबनम[4] की तरह रुलाते क्यों हो

न डालो नाज़ के कुश्ता[5] पे आँसू
शहीदों को भला बहलाते क्यों हो

बहुत तड़पायेगा सैयाद[6] तुमको
असीराने-क़फ़स[7] घबराते क्यों हो

पराये सर[8] को हैं कुर्आन कहते
हमारे सर को तुम ठुकराते क्यों हो

---

1. जीवन 2. आराम से सोने की जगह 3. फूल की तरह 4. ओस 5. नख़रों का मारा 6. शिकारी 7. बन्दी 8. दूसरे का सर।

नहीं पहचानते चाहत की गर आँख
'ज़फ़र' को देखकर शर्माते क्यों हो

100

हर कहीं मुझको तमाशा-ए-जहाँ[1] एक-सा है
कि तसव्वुर[2] तेरा ऐ राहते-जां[3] एक-सा है

ख़ाना-ए-दिल[4] में मेरे ऐसा समाया है वह यार
हो गया मिल के मकीं[5] और मकां एक-सा है

मेह्र[6] क्या, माह[7] में क्या, शोला में क्या, बर्क़ में क्या
जल्वा-ए-हुस्न तेरा, सब में अयां[8] एक-सा है

गुलशने-दह्र[9] में, वो बुलबुले-तस्वीर हूँ मैं
कि मुझे रंगे-बहारां व ख़िजां[10] एक-सा है

शम्आ गर रात को जलती है, तो दिन को बहती
जलता दिन-रात तेरा सो ता-जां[11] एक-सा है

वह्म[12] कुछ और तुझे, मुझको गुमां है कुछ और
मेरा और तेरा नहीं, वहमो-गुमां एक-सा है

---

1. संसार का तमाशा 2. कल्पना 3. प्रिय 4. हृदय 5. निवासी 6. सूर्य 7. चाँद 8. प्रकट 9. संसार-रूपी उपवन 10. पतझड़ 11. दिलजला 12. भ्रम।

ऐ 'ज़फ़र' साग़रे-जम[13] से नहीं कम साग़रे-दिल[14]
देखा दोनों में, तमाशा-ए-जहाँ एक-सा है

13. जमशेद बादशाह की सुराही 14. हृदय की सुराही।

101

हुए ख़ुसरुआने-जहाँ[1] अच्छे-अच्छे
न अब वह, न उनके मकां अच्छे-अच्छे

कहूँ किससे बे-मेहरियाँ[2] इस फ़लक[3] की
कि सब उठ गये मेहरबां अच्छे-अच्छे

हमारी मुहब्बत की थी क़द्र जिनको
वो क्या लोग थे, क़द्रदां अच्छे-अच्छे

ये पीरे-फ़लक[4] वो है, जिसके सितम से
गये ख़ाक में मिल, जवां अच्छे-अच्छे

लड़े क्या ज़माने से कुश्ती कि इसने
पछाड़े बहुत पहलवां अच्छे-अच्छे

तेरे चश्मे-बीमार के ऐ सितमगर[5]
हज़ारों हैं बीमार या अच्छे-अच्छे

---

1. राजा-महाराजा 2. निष्ठुरता 3. आसमान 4. वृद्ध आकाश 5. अत्याचारी।

'ज़फ़र' है वो गरमी तुम्हारे सुख़न[6] में
कि जलते हैं आतिश-ज़बां[7] अच्छे-अच्छे

6. बात 7. क्रोधी।

102

हुए वाक़िफ़[1] न जो दुनिया के ग़म से, वो ही अच्छे हैं
जो हस्ती[2] में नहीं आये अदम[3] से, वो ही अच्छे हैं

झडे यूं तो हज़ारों गौहरे-ख़ुश[4] आबे-नीसां[5] से
मगर जो अश्क टपके चश्मे-नम से, वो ही अच्छे हैं

बराबर हैं परेशानी में हम और बाल ज़ुल्फ़ों के
जो अक्सर तेरे मुँह लगते हैं, हमसे वो ही अच्छे हैं

जो पूछे कोई अच्छे कौन हैं, गिब्रो-मुसलमा[6] से
कहूँ जो आश्ना[7] हैं उस सनम से, वो ही अच्छे हैं

तेरा क्या नाम है अच्छा कि जितने हर्फ़ हैं उसके
निकलते हर जगह मेरे क़लम से, वो ही अच्छे हैं

जो दाग़े-इश्क़ दें, तो क्या करूँ मैं गंजे-ज़र[8] लेकर
मेरे नज़दीक दीनारो-दरम[9] से वो ही अच्छे हैं

---

1. परिचित 2. जीवन 3. परलोक 4. अच्छे मोती 5. स्वाति नक्षत्र में बरसने वाली बूँद अन्य धर्मावलम्बी व मुसलमान 7. परिचित 8. धन का भण्डार 9. धन-दौलत।

‘ज़फ़र’ सब यूं तो अच्छे हैं, बुरा कहिये किसे, लेकिन
बने अच्छे हैं जो उसके करम से, वो ही अच्छे हैं

चन्द्र क़त्आत

क़त्आत

आज तक मालूम यह मुझको नहीं क्या चीज़ हूँ
कौन हूँ, क्या शै[1] हूँ मैं, नाचीज़[2] हूँ या चीज़ हूँ
हो गया दिल मेरा दौलत से क़नाअत की ग़नी
जानता दुनिया को मैं क्या माल हूँ, क्या चीज़ हूँ

अगर साथ भी वो हमारे चले
तो हमसे किनारे-किनारे[3] चले
'ज़फ़र' उसकी राहे-मुहब्बत में हम
फ़क़त[4] अपने दिल के सहारे चले

नहीं ये सोज़े-मुहब्बत ने हमको दाग़ दिया
हमारे खान-ए-दिल के लिए चिराग़ दिया
हमें जो इश्क़ ने ये सिन-ए-दाग़-दाग़ दिया
हमारे सैर[5] को घर में ख़ुदा ने बाग़[6] दिया

---

1. वस्तु 2. तुच्छ 3. दूर-दूर 4. केवल 5. भ्रमण 6. उपवन।

आ गया जब ज़ुबां पे नाम तेरा
फिर ज़बां से मज़ा नहीं जाता
महले-हैरत[7] सूरते-तस्वीर[8]
क्या कहूं, कुछ कहा नहीं जाता

7. आश्चर्यचकित 8. चित्र की भाँति।

खुल गयीं यकबारगी[1] आँखें-सी मेहरो-माह[2] की
जबकि अपने मुँह से तूने दूर घूंघट कर दिया
तुम ये लटका ख़ूब सीखे हो, जिसे चाहा, उसे
तुमने सौदाई[3] दिख़ाकर ज़ुल्फ़ की लट कर दिया
अश्क के क़तरे लिये जाते हैं भर-भर के सभी
जोशे-गिरिया[4] ने मेरी आँखों को पनघट कर दिया

सैर ने आज तेरे रात सहर[5] की घर में
न खुली बात किसी पर, रही घर की पर में
दिलजलों को नहीं दरकार चिराग़े-ख़ाना[6]
रौशनी थोड़ी है क्या दाग़े-जिगर की घर में
शम्आ की तरह यादे-क़दे-रहना है तेरे
हमने सूली[7] पे सदा रात बसर की घर में

1. अचानक 2. सूरज और चाँद 3. दीवाना 4. आँसुओं का उबाल 5. सुबह 6. घर का दीपक 7. फाँसी।

जा बैठा है सहरा[8] में अबस शहर से ज़ाहिद
क्या सूझेगा जंगल में, जो बस्ती में न सूझा
पस्ती[9] में जो देखा, वो बुलन्दी[10] में न देखा
सूझा जो बुलन्दी में, वो पस्ती में न सूझा
नरगिस[11] की रविश[12] आँख 'ज़फ़र' हमने जो खोली
उस गुल के सिवा गुलशने-हस्ती में न सूझा

8. जंगल 9. निम्नता 10. उच्चता 11. एक फूल का नाम 12. तरह।

वो झूठ से जो ज़मीं-आसमां मिला। देंगे
तो पास जितने हैं, सब हाँ-में-हाँ मिला देंगे
न पायेगा कोई हमको बरंगे-नक़्शे-क़दम[1]
हम ऐसा ख़ाक में अपना निशां[2] मिला देंगे
बुतों से मिलते हो झुक-झुक के क्यों 'ज़फ़र' इतना
ये क्या ख़ुदा से तुम्हें मेहरबाँ मिला देंगे

सोते हो मेरे साथ, तो हटकर न सोइये
वो साथ सोना क्या, जो लिपटकर न सोइये
है क़हर[3] तेरा कहना ये, बिस्तर पे होके गर्म

1. पदचिन्हों को देखकर 2. चिन्ह 3. प्रलय।

गरमी में मुझसे आप चिपटकर न सोइये
झगड़ों में आशिक़ी के हो सोना कहाँ 'ज़फ़र'
जब तक कि ख़ूब उनसे लिपटकर न सोइये

बुतों के हक में मुहब्बत से हमने क्या न कहा
मगर ख़ुदी ने बड़ी ख़ैर की, ख़ुदा न कहा
जफ़ाऐं हमने सहीं इस क़दर कि मर ही गये
मगर कभी न कहा, तूने मरहबा न कहा
हम उसकी बात के क़ायल[4] हैं ऐ 'ज़फ़र'
जिसने भला कहा जिसे मुँह से, उसे बुरा न कहा

---

4. समर्थक।

वो देख लेते हैं जो इधर, कुछ न कुछ तो है
हो जाती दिल को दिल की ख़बर, कुछ न कुछ तो है
वहशत[1] है या जुनूं मुझे, पर तेरे इश्क़ में
फिरता हूँ यूं जो ख़ाक-बसर[2] कुछ न कुछ तो है
इतने कशीदा मुझसे न हो तुम कि आख़िरश[3]
दिल की मेरी कशिश[4] में असर, कुछ न कुछ तो है
चाँदनी ख़ूब है और सर्द[5] हवा अच्छी है

---

1. उन्माद 2. धूल-धूसरित 3. अन्तत: 4. आकर्षण 5. ठण्डी।

मैकशी[6] को ये शबे-माहेलका[7] अच्छी है
कितने नाले किये बुलबुल ने कहा ये गुल से
मेरे कानों को लगी तेरी सदा[8] अच्छी है
क्यों न ज़ुल्फ़ उस गुले-रुख़सार[9] पे ज़ेबा[10] हो 'ज़फ़र'
होती मालूम गुलिस्तां में घटा अच्छी है

अदम[11] में भी मुसीबत कुछ न पूछो हाय ऐसी है
जहाँ दम मारने की जा[12] नहीं, वां जाये ऐसी है
न पूछो दोस्तों की अपने हालत अपनी फुर्क़त[13]
में कि जिसको देख दुश्मन को रहम[14] आ जाये ऐसी है
नज़ाकत क्या सहूँ दिल की अजब नाज़ुक कली है ये
सुख़न की इक ज़रा गरमी से जो मुरझाये ऐसी है

---

6. मद्यपान 7. चाँदनी रात 8. आवाज़ 9. फूल-जैसे गाल 10. शोभायमान 11. परलोक 12. जगह 13. वियोग 14. दया।

मेरी जानिब[1] से ग़ैरों ने लगाया कुछ-न-कुछ होगा
न आया वह, तो उसके जी में आया कुछ-न-कुछ होगा
न ढूंढा और न पाया हमने कुछ इस बह्रे-हस्ती में
वगरना[2] जिसने ढूंढा उसने पाया कुछ-न-कुछ होगा

---

1. तरफ़।

सुना मैंने, कटी उसकी भी सारी रात आँखों में
किसी ने मेरा अफ़साना[3] सुनाया कुछ-न-कुछ होगा

रौनक़े-गुलशन, बहारे-गुल जो कम होती चली
अश्के-शबनम से नसीमे-सुब्ह-दम[4] रोती चली
वह हवस[5] क्या ख़ाक पहुँचे मंज़िले-मक़्सूद[6] को
जो क़दम रखते ही काँटे राह में बोती चली
हो चुके दिन ज़ब्त गिरिया[7] के कि पी जाते थे अश्क
अब तो चश्मे-तर[8] 'ज़फ़र' कुछ आबरू[9] खोती चली

वह यूं तो हमसे बज़्म[10] में शरमाये जायेंगे
पर दिल निगाहे-गर्म से गरमाये जायेंगे
दिल आशिक़ों के मोम हैं, पर नक़्शे-मेहरे-इश्क़
बैठेगा जब कि आग से गरमाये जायेंगे
जब तक सुरूर[11] होगा नशे का न ऐ 'ज़फ़र'
हम उनसे और हमसे वो शरमाये जायेंगे

---

2. जीवन-सागर 3. कहानी 4. सुबह की हवा 5. इच्छा 6. गन्तव्य 7. आँसू 8. भीगे नेत्र 9. प्रतिष्ठा 10. सभा 11. नशा।

सोये जिस रात को हम हिज्र[1] में रोते-रोते
ख़्वाब में वस्ल[2] हुआ सुब्ह के होते-होते
शम्आ की तरह से हम रात को रोते-रोते
बह गये आँसुओं में सुब्ह के होते-होते
जिसके मिलने की तमन्ना थी, न पाया उसको
हो गयी उम्र बसर[3] जान को खोते-खोते

हमदमो जिस दिन मुहब्बत में नज़र रक्खेंगे हम
देख लेना, उसको भी अपना-सा कर रखेंगे हम
जानो-दिल ताबो-तवां लो तुम ही रक्खो अपने पास
या हुजूमे-ग़म[4] में किस-किस की ख़बर रक्खेंगे हम
गुज़रे हम इस ढब[5] से, क़ातिल क्या करेंगे रख के सर
एक सर के साथ क्यों सौ दर्दे-सर रक्खेंगे हम

जो होते हम न जहाने-ख़राब[6] में दाख़िल[7]
तो होते काहे को रंजो-अज़ाब में दाख़िल
जो तेरी चश्म[8] हो बेदार[9], दिल भी हो बेदार
नहीं तो जागना तेरा है ख़्वाब में दाख़िल

1. वियोग 2. मिलन 3. पूर्ण 4. दुखों की भीड़ 5. तरीक़ा 6. बुरा संसार 7. प्रविष्ट 8. आँखें 9. सचेत।

अगर जवान हो दिल, पीरे-इश्क़[10] की दौलत
तो ऐ 'ज़फ़र' है, वो तेरे शबाब में दाख़िल

10. वृद्ध प्रेम।

www.ingramcontent.com/pod-product-compliance
Lightning Source LLC
LaVergne TN
LVHW100823051026
849519LV00006B/2160